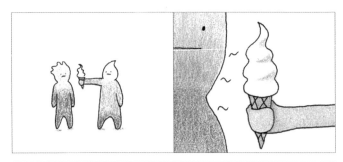

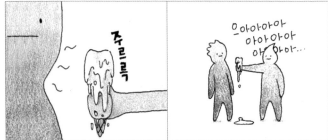

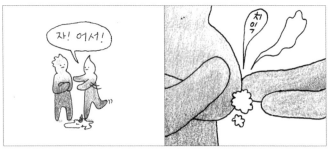

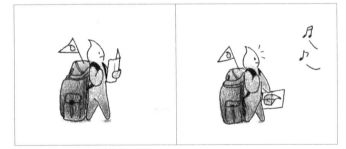

이넉 수가

나 혼자잖아

그냥이
어때서

그냥이
어패서

이유 없는, 그래서 이유 있는

윤수훈 글·그림

글항아리

멋져요,
게으른 당신

우리가 게을러질 수 있을까요?

저는 가끔 이런 생각을 해요. 내가 게을러질 수 있을까? 이제 서른을 바라보는, 곧 사회에 내던져질 내가 게을러지는 게 가능한 일일까? 비단 저뿐만이 아니라 얼마 전에 막 둘째를 출산한 우리 누나, 쉬지 않고 일하며 가정을 돌보는 아빠 엄마, 1분 1초 쪼개가며 학업과 알바를 병행하는 친구들, 하물며 쉴 새 없이 뛰어노는 사랑스러운 제 조카 지오까지도. 에너지를 필요로 하는 일이 이렇게나 많은데 우리가 게을러지는 게 가능이나 할까요?

진정으로 쉬어본 게 언제였던가요? 놀고, 먹고, 춤추고 그런 거 말고 정말 모든 걸 내려놓고 쉬어본 적이요. 저는 말이죠, 이제 쉴 수 없는 사람이 되어버린 것만 같아요. 쉬는 시간에도 쉬지 않고 누군가와 이야기를 하거나 휴대폰을 내려놓지 못하는걸요. 매일매일 수많은 정보가 감당할 수 없을 만큼 홍수처럼 쏟아져요. 이 흐름을 타지 않으면 뒤처질 것만 같아서 무섭고 불안해요. 어른들은 항상 미래를 위해 준비하라고 이야기하지만, 현실을 살아가는 것만 해도 너무나 빠르고 버거워요. 그렇다고 돈도 명예도 뭣도 없는 저라서, 저는 게을러질 수 없어요. 행복해지고 싶어서가 아니라 불행해지고 싶지 않아서요.

제가 쓰고 싶은 글은 화장실에서 읽을 만한 글이었어요. 왜, 일 보면서 잡지나 신문 혹은 만화 같은 거 보고 그러잖아요. 저는 화장실에서 그런 글 읽는 거 되게 좋아하거든요. 아무런 근심, 걱정, 생각 없이 읽을 수 있는 그런 글이요. 그러니까, 게을러지는 글 말이죠.

여기에 실린 글들은 게을러질 수 없는 우리를 위해 쓴 글이에요. 그러니까 적어도 이 책을 읽는 동안은 아무 생각 안 해도 괜찮아요. 그래 봤자 영양가 하나 없는 지극히 개인적인 제 이십 대의 기록인걸요. 대단할 거 하나 없으니, 읽어보고 화장실 물 내리고 나오시면 그만입니다. 이 책을 집어든 순간만큼은 다른 일은 다 잊어요. 수만 가지 이유가 등을 밀어대고 있으면 어때요. 때로는 이유가 없는 게 이유가 되기도 하니까요. 강요하진 않을게요. 그냥 여기에 두고 갈게요. 그러니까, 그냥 마음이 내키면 읽어요.

응원할게요. 멋진, 게으른 당신.

1부

/

가장
나다울 것

샤워기가 없으면
손으로

"나는 수족다한증手足多汗症을 앓고 있어요"라고 창백한 얼굴을 하고선 파르르 떨리는 입술로 넌지시 고백하면 무슨 심각한 병을 앓고 있나 싶겠지만, 그래 봤자 손과 발에 땀이 나는 것뿐이다. 수족다한증의 사전적 정의는 '손과 발에 땀이 지나치게 많이 나는 증상으로, 신경전달의 과민 반응으로 필요 이상의 땀이 분출되는 자율신경계의 이상 현상'이다. 문자 그대로 땀이 무진장 많이 나온다는 얘기다. 그렇다. 내 손과 발에는 워터파크를 메울 만큼 엄청난 양의(라고 하면 조금 과장이긴 하지만) 땀이 철철 쏟아지고 있다. 그렇게 입술을 파르르 떨 정도로 심각한 병은 아니지만, 솔직히 말해 더운 여름엔 차라리 손을 잘라버릴까 생각할 만큼 심각한

스트레스를 유발한다. 그러니 "수족다한증을 앓고 있어요"라고 얘기해도 충분히 이해할 만한 상황인 거다.

손에 땀이 많아 불편한 것 가운데 하나는 스킨십이다. 처음 보는 사람과 악수할 때, 파트너와 함께 연기 연습을 할 때, 편의점 아르바이트생에게 동전을 건네주며 살짝 손이 닿을 때……. 이렇듯 일상에서의 스킨십은 생각보다 정말 많다. 상대방과 손이 닿으면 대부분은 "괜찮아요"라며 내 손에 맺혀 있는 땀방울을 개의치 않아 하지만 그들의 속내는 아무도 모르는 법이다. 나와 손이 닿는 즉시 '집에 돌아가면 화장실로 달려가 손을 닦고 손세정제로 소독해야겠어'라고 생각할지도. 손이 닿는 순간부터 내 머릿속엔 실제로 그런 생각들이 수없이 오간다. 더군다나 나는 누군가에게 피해주는 것을 극도로 꺼리는, 남들에게 좋은 모습만 보여주고 싶어하는 성격이기에, 손에 나는 땀은 그야말로 엄청난 골칫덩어리다.

손에 땀이 많이 나서 불편한 상황은 이뿐만이 아니다. 예를 하나 들어보자. 오늘은 아주 중요한 시험이 있는 날이다. 일 년을 다 바쳐가며 준비해온 수험생은 시험장에 도착해 시험지를 받자마자 문제를 풀기 시작한다. 하나둘 경쾌하게 정답을 체크하는 펜 소리에 왠지 예감이 좋다. 그러나 그것도 잠시, 긴가민가한 문제에 봉착한 수험생은 그대로 굳어버린다. 귓속엔 째깍거리는 시계 소리가 종료 시간을 재촉하고, 심장이 터질 듯한 긴장은 그러잖아도 축축했던 손바닥을 더욱 흥건하게 만든다. 급기야 시험지는 땀에 젖어 너덜너덜해진다. 당황한 수험생은 땀이 나는 손을 바지에, 티셔츠에 닦아보기도 하고 지나가는 파리를 내쫓듯 상하좌우로 팔랑거

려보기도 하지만, 여기저기로 땀방울만 튈 뿐 전혀 효과가 없다. 남은 시간은 이제 일 분. 눈앞에 보이는 건 땀으로 난도질당한 잉크가 번진 시험지뿐. 수험생은 OMR카드만은 절대로 젖어서는 안 된다는 생각에 급한 마음으로 정답을 체크하다 결국 답을 밀려 쓴다. 그렇게 시험 끝. 수험생은 거의 울기 직전의 표정으로 잘못 표기한 OMR카드를 제출한다. 수험생이 일 년을 바쳐 준비한 시험은 어이없게도 (고작 손에서 나는 땀 때문에) 망해버린 것이다.

이건 사실 내 얘기다. 내게 시험이란 이런 과정의 연속이다. 운전면허 시험에서는 땀 때문에 자꾸만 미끄러지는 핸들로 인해 혼쭐이 났고, 대입 시절 뮤지컬과 실기 시험 때는 바닥을 짚을 때마다 생기는 손자국이 신경 쓰여 도저히 연기에 집중할 수 없었다. 인생은 시험의 연속이라는 점을 떠올려보면 내 인생, 제법 고달프지 않은가.

고치려는 노력을 안 해본 건 아니다. 100만 원이 넘는 보약을 지어 먹기도 하고, 병원에서 큰 검사도 받아본 데다 심지어는 심각하게 수술까지 고민했다. 그런데 그 수술 또한 손의 땀구멍을 막는 대신 다른 곳으로 땀을 배출시키는 것이라기에 선뜻 결정할 수도 없었다. 수술을 받은 지인은 등이 당첨되는 바람에 한겨울에도 등이 젖는다니까, 아무리 손에 땀이 안 난다고 해도 그리 유쾌한 상황은 아니다. 사타구니나 가슴이 당첨돼 한겨울에도 그 부위가 항상 축축하게 젖어 있다고 생각하면 차라리 손이 낫겠다 싶다.

그리하여 지금까지 나는 '땀이 많이 나는 손'을 가지고 살아가고 있다. 시간이 아무리 흘러도 불편한 건 여전하지만 뭐, 어쩌겠는

가. 내 머리카락이 검은색이듯, 내 쇄골 언저리에 작은 점이 하나 있듯 내 손의 땀도 태어날 때부터 그러했던 것인데.

이럴 땐 차라리 "물이 콸콸 쏟아지는 샤워기처럼 땀이 콸콸 쏟아지는 손으로 샤워를 해보는 건 어때?" "잡초에 손으로 물을 줘보는 건 어때?" 같은 친구들의 농담처럼 땀이 나는 손을 유쾌하게 받아들이는 게 낫다. 나오지 말라고 아무리 마인드 컨트롤해도 나오는걸! 야한 동영상을 보면서 '진정해, 똘똘아!'라고 제어해본들 똘똘이가 안 일어나고 배길 수 있겠는가? 어쩔 수 없는 건 어쩔 수 없는 거고 그런 일은 오래 생각해봤자다.

비를 맞기 싫어 우산을 만들고, 음식을 쉽게 먹으려고 포크와 나이프를 만들었듯 인간은 불편한 상황에서 해결책을 찾아내고야 마는 동물이다. 나 역시 수족다한증이란 불편함 속에서도 그런대로 돌파구를 찾았다. 시험을 볼 땐 장갑을 끼고(실제로 입시 미술을 할 때 목장갑을 낀 채 시험을 봤다), 상대방의 손을 잡기 전엔 얼굴에 철판을 깔고 '손에 땀이 많으니 부디 이해해주세요'라며 미리 이야기해두고, 반질반질한 재질의 옷을 피해 땀이 잘 닦이는 재질의 옷을 골라 입는다. 그렇게 한다고 해서 손에 땀이 나지 않는 건 아니지만 꽤 견딜 만하다. 그래도 생기는 문제는 '어쩔 수 없으니까'라고 생각하면 그만이다. 해결될 기미가 보이지 않으면 포기하는 것 또한 정답이 될 수 있다.

그리하여 나는 지금도 땀이 나는 손으로 열심히 키보드를 두드리고 있다. 키보드 위로 물방울이 송골송골 맺혀 키보드의 수명을 조금씩 갉아먹을지언정 어쩔 수 없는걸?

사람을 웃기는
가장 쉬운 방법

사람을 웃기는 쉬운 방법을 알고 있다. 나만 가능한 방법으로, 아주 간단하다.

1. 길을 가다 빵집 앞을 지나간다.
2. 최대한 자연스럽게 코를 킁킁거리며 "음~ 빵 냄새 너무 좋다"라고 말한다.
3. 끝.

그럼 사람들은 배를 잡고 웃는다. 사실 나는 냄새를 못 맡는 놈이다. 냄새도 못 맡는데 냄새 맡는 척하니까 웃긴 거다. 거짓말 같지만 거의 모든 사람이 이와 같은 반응을 보인다. "너 냄새 못 맡잖아"라며 까르르 웃어대는 것이다. 그럼 나는 "너는 지금 후각 장애인을 희롱하고 있다"고 얘기하며 씩씩댄다. 물론 수치스러움 같은 건 하나도 없다. 그냥 그러고 노는 거다.

나는 후각 장애인이다. 시각 장애인이 앞을 볼 수 없듯, 후각 장애인인 나는 냄새를 맡지 못한다.

혹시 지금 '어머, 냄새를 맡지 못한다고? 불쌍해라!'라고 생각했는가? 그렇다면 한번 이렇게 생각해보시길. 나는 버스에서 앞자리에 앉은 사람의 정수리 냄새나 아빠가 뀐 방귀 냄새를 맡지 않아도 된다. 암내가 풍긴다는 열대과실 두리안을 맛있게 먹을 수 있고, 똥 냄새와 담배 냄새를 구별조차 못 해 화장실, 흡연실 어디서든 인상 찌푸릴 일이 없다(어째 써놓고 보니 자랑하는 것 같지만, 자랑거리가 아닌 건 잘 알고 있다). 이런 냄새는 모르는 게 더 낫지 않을까? 아직 열지 않은 판도라의 상자처럼 말이다. 여는 순간 똥 냄새며 암내, 정수리 냄새, 음식물 쓰레기 냄새, 담배에 전 냄새 같은 것들이 내 콧속에 솨 하고 퍼진다는데, 그런 상자를 과연 열고 싶을까?

물론 좋은 냄새—꽃향기나 향수 냄새, 사람 고유의 체취 같은 것—또한 느낄 수 없다. 이는 연기하는 사람으로서 아주 큰 리스크다(라고 사람들이 얘기하지만 맡아본 적이 없으니 실제로 연관이 있는지 없는지는 확인 불가하다). 이 같은 주장을 펼치는 사람들의 말에 따르면 '후각'이라는 감각은 연기를 할 때 눈에 보이는 무언가를 만들어내지는 않지만, 그 무언가를 만드는 데 꼭 필요한 재

료라고 한다.

장소나 상황을 냄새로 기억하는 경우도 많다고 한다. 그러나 나는 그런 경험이 거의 없다보니 냄새로 그릴 수 있는 상상력의 폭이 좁은 것은 사실이다. 살 냄새, 비 내음이나 흙 내음, 바다 향기, 그런 것을 시각적인 이미지로 그려볼 뿐이다.

영화 「향수」에서 수만 가지 냄새를 시각화함으로써 사람들에게 특정한 냄새를 상기시켰다면, 나는 그 장면들을 통해 그 냄새의 느낌을 유추할 뿐이다. 생선 가게 장면에서 관객들이 '정말 생선 비린내가 나는 것 같아'라고 느꼈다면 나의 경우엔 '생선 비린 냄새가 저런 느낌이구나' 하며 이미지를 통해 냄새를 유추한다. 그런 면에서 「향수」는 냄새를 간접적으로나마 느끼게 해준 고마운 영화다. 시각 장애인에게 점자가 있듯, 「향수」가 보여준 후각의 시각화는 내게 후각으로서의 문자가 되어줬다.

"왜 냄새를 못 맡아요?"

좋은 질문이다. 이쯤 되면 궁금할 만하다.

내가 냄새를 못 맡는 이유는 나도 모른다. 동네 병원은 물론 대형 병원에서도 검사를 받아봤지만 의사들은 한결같이 심각한 얼굴을 하고서는 "이유를 잘 모르겠습니다"라고 대답했다. 그런 답을 들으려고 검사를 받은 게 아닌데. 그렇게 대답할 거면 심각한 얼굴은 왜 한 거냐!

혹시 신화 속 미스터리로 남기려는 걸까. 위대한 인물들은 뭔가 한 가지씩 출생의 비밀을 갖고 태어나기 마련이잖아. 알에서 태어났다는 박혁거세나 신탁을 듣고 버려진 오이디푸스처럼. 나도 이유 모를 원인으로 후각을 잃은 채 태어난 거다.

　때문에 "왜 냄새를 못 맡아요?"라는 질문엔 대답하기 곤란하게 됐다. 왜 못 맡는 걸까? 나도 궁금하다.

　그러나 내가 냄새를 못 맡는다는 것을 인지하게 됐던 그날은 확실히 기억한다. 그러니까 1998년, 초등학교 1학년 무렵이었다. 주말을 맞아 엄마와 함께 뒷산에 오른 날이었다. 봄을 맞은 산에는 형형색색의 꽃들이 흐드러지게 피어 있었다. 엄마는 꽃을 하나 꺾어 꽃향기를 맡으며 "어머~ 꽃이 너무 향기롭다. 한번 맡아보렴" 하고 내 코에 꽃을 갖다 댔다. 그런데 세상에, 아무 냄새도 나지 않는 것이 아닌가. 올려다본 엄마의 얼굴은 나와 함께 꽃향기를 공유하고 싶은 기대에 가득 차 있었다. 엄마를 실망시킬 순 없었다. 결국 거짓말을 했다. "음~ 너~무 향기롭다!"

　엄마에게 냄새를 못 맡는 것 같다고 고백한 건 고등학교 무렵이었다. 아무리 생각해도 냄새를 맡지 못하는 건 이상한 일인데, 이런 아들의 이상한 점을 성인이 될 때까지 부모님이 모르고 넘어가선 안 된다고 생각했다. 기숙사 생활을 하던 중 오랜만에 집으로 와 고백했다. 세상 가장 진지한 얼굴로. "엄마, 나 냄새를 못 맡는 것 같아." 부모님 입장에선 꽤 충격적인 커밍아웃이었으리라.

　사태의 심각성을 알아차린 엄마는 그때부터 나와 함께 병원에 다니기 시작했다. 동네 병원 의사는 "큰 병원에 가보세요"라는 대단한 진단을 내렸다. 그래서 큰 병원에 가서 엑스레이도 찍고 마늘을 코에 갖다 대고 무슨 냄새인지 알아맞히는 이상한 검사도 했지만, 결과는 동네 병원과 다를 게 없었다. 원인 불명. 알 수 없단다.

그래서 지금까지 후각을 잃은 채(아니 원래 없었으니 없는 채) 살아가고 있다. 불편한 점? 딱히 없다. 겉으로 보기에도 티가 나지 않으므로 내가 얘기하기 전까진 사람들도 모른다. 굳이 얘기하지 않으면 일반인과 다를 게 하나도 없어 보인다.

냄새는 못 맡는데 나름 미식가라서—지원을 받으며 맛집 블로그를 운영했을 정도로—먹는 것엔 쓸데없이 예민하다. 맛있는 음식 먹는 것이 너무 좋다. 오랜만에 한 외식이 실패할 경우엔 한 주가 우울할 정도다.

냄새도 못 맡는데 먹는 데 왜 이리 민감할까 생각해봤다. 그래서 나온 결론은 왜, 앞을 보지 못하는 사람은 청각이 유달리 예민하지 않은가. 앞이 보이지 않으니 상황을 인지할 수 있는 제2의 감각인 귀가 더 예민하게 작동하는 것처럼 나도 그런 경우인 것 같다. 보통 사람들은 후각과 미각을 동시에 사용하기 때문에 50퍼센트씩만 사용해도 충분히 맛있다고 느낄 수 있는 반면, 후각이 둔한 나는 혓바닥이 열심히 일하지 않으면, 그러니까 미각을 150퍼센트 이상 써주지 않으면 맛있다는 감상 따위는 느낄 수가 없다. 말 그대로 혓바닥이 '열일'하는 것이다. 물론 과학적인 근거는 전혀 없다. 그러나 내 혓바닥이 맛에 민감하다는 것은 누구보다도 자신 있게 얘기할 수 있다.

그래서 결론이 뭐냐. 남들 다 가졌는데 나만 없다고 너무 우울해하지 말자는 거다. 비록 냄새는 못 맡지만 맛있는 걸 먹으며 행복하다 얘기하는 나도 있지 않은가. 더불어 '후각 장애인 레퍼토리'는 언제나 웃음 승률 100퍼센트를 자랑한다. 미안해서라도 머쓱한 웃음을 지어 보이니까. 내가 냄새를 맡지 못해 남들이 웃을 수 있다면, 그걸로 어느 정도 위안이 되지 않으려나. 아님 말고.

남자의 털

나는 털이 좀 많다. 스트레스가 될 정도로 많은 양은 아니나 내 몸의 털을 본 사람들은 생각보다 털이 많다며 흠칫 놀라곤 한다. 그런 얘길 들으면 기분이 좋지도 나쁘지도 않다. 뭐랄까, 조금 머쓱해지기는 하는데 그저 내 몸에 무성하게 자란 털들을 바라볼 뿐이다. 그러면 궁금해진다. 이것들이 어디에서 왔을까.

학창 시절부터 털이 자라기 시작했다. 매끈하던 겨드랑이와 다리, 그리고 성기를 중심으로 털이 한 가닥씩 자라기 시작하더니 어느 날 보니 무성했다. 처음엔 께름칙해 밀어보았지만 금세 다시 자라는 것을 알고는 그냥 두기로 했다(계속 보다보니 나름 귀엽기도 했다). 여름을 제외하고는 옷으로 가릴 수 있으니 그냥 뒀고, 그

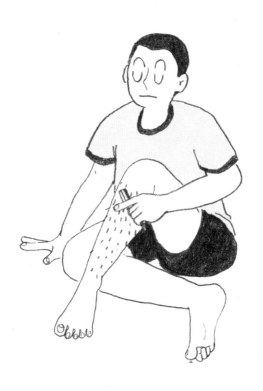

래도 아무 일도 일어나지 않았다.

하지만 털을 사람들에게 보여야 할 때는 문제가 됐다. 고등학교 시절 무용 수업을 하던 날이었나. 짧은 바지를 입고 있었는데, 친구들은 내 다리털을 보고는 경악하며 얘기했다.

"징그러워!"

충격이었다. 징그럽다니! 누군가에겐 내 다리털이 징그러울 수 있다는 사실이 충격으로 다가왔다. 그때서야 '아, 털은 이상한 거구나' 싶었고, 이튿날 바로 털을 밀고 학교에 갔다. 내 한쪽 다리는 보기 좋게 매끈해져 있었다. 그리고 전날 징그럽다고 얘기한 친구를 찾아가 털이 난 쪽과 매끈해진 쪽을 들이밀며 물었다.

"어느 쪽이 나아?"

지금 생각해보면 내 행동이 조금 엽기적이기도 하지만, 당시 나는 혼란스러웠다. 털이 난 다리가 징그럽다면, 매끈한 다리는 안 징그러운가? 그러나 그 친구는 매끈해진 내 다리를 보고도 징그럽다고 얘기했다. 아니, 그럼 어떻게 해야 하는 거야? 적당한 양이어야 하나? 그렇다면 적당한 양은 어느 정도를 말하는 거야?

여름엔 문제가 더 심각했다. 여름에 반바지를 입으면 다리털이 노출될 수밖에 없다. 민소매는 또 어떤가. 버스나 지하철에서 손잡이라도 잡으려 팔을 뻗었다가는 인터넷에 '겨드랑이 수세미남' 같은 짤방으로 돌아다닐지도 모르는 일이다.

대체 다들 왜 이리 털에 집착하는 걸까? 아니, 머리털은 지지든 볶든 별 신경도 안 쓰면서 다리털, 겨드랑이털에는 왜 이리도 민감하게 반응할까? 다리털이나 겨드랑이털도 머리털처럼 미용실을 차리면 좀 잠잠해지려나? 이른 아침 동네 아주머니들이 겨털펌을 받는 풍경엔 적응이 필요할 것 같긴 하지만…… 뭐, 어찌 됐든 다 같은 털인걸.

남자의 털이란 게 그렇다. 실로 애매하다. 너무 많아도 징그럽고, 너무 없어도 징그럽다(는 시선을 받는다). 도무지 어느 장단에 맞춰야 할지 모르겠다. 이런 생각을 하는 게 대한민국에 나 혼자만은 아닌지, 요즘엔 남성 전용 다리털 면도기도 나온다. 이 면도기로 털을 밀면 털이 3분의 1 정도만 남아 적당히 보기 좋은 다리가 된다. 적당한 양의 털이 있는 다리. 남들의 시선을 편안하게 만들어주는 다리. ○리브영에서 9900원으로 두 다리에 자유를 선물하세요. 아니 도대체 왜 이렇게 피곤하게들 사는 거람.

여자의 경우는 상황이 완전히 다르다. '털이 없어야 한다'는 인식이 너무나도 뿌리 깊게 자리 잡고 있어서 여자는 털을 길러야 하나 밀어야 하나 고민할 필요가 없다. 그냥 싹 다 밀면 그만인걸.

그렇다고 여자가 더 편할 거란 얘기는 아니다. 주기적으로 자라나는 털을 왁싱해줘야 한다는 사실을 상기시켜보면, 매일 면도하기도 귀찮은 나로서는 꽤 가혹한 처사가 아닐 수 없다. 더군다나 하루라도 밀지 않았다간 말 그대로 봉변당하기 십상 아닌가.

나는 중학교 때까지만 해도 여자는 '원래' 털이 없는 줄 알았다. 텔레비전에서 남자 연예인들은 무성한 겨드랑이털이며 다리털을 당당하게 드러내는데, 여자 연예인들은 그런 일이 전혀 없지 않은가. 기껏해야 '털 있는 여자'를 개그 소재로 이용하는 것 정도? 여자는 털이 없다는 것이 너무나 당연하게 학습되어온지라 '아, 여자는 남자와는 생물학적으로 아예 다른 동물이라 털이 없구나' 싶었다.

그런데 수업 중, 담임선생님의 겨드랑이를 보고는 알아버렸다. 여자도 털이 난다는 사실을. 수업만 끝나면 아이들은 선생님의 털에 대해 떠들곤 했다.

"담임 겨털 본 사람?!"

아이들은 '어떻게 여자가 제모도 안 하냐' '냄새난다' '암내 날 것 같다' '더럽다' 등 대부분 선생님을 조롱하거나 비난하는 얘기를 했다. 간혹 선생님을 감싸는 몇몇 여학생도 있었지만, '여자도 겨드랑이털이 난다'고 얘기하는 학생은 없었다. 그 말을 뱉는 즉시 '본인에게도 털이 있다'는 '털밍아웃'이 될 테고 그것이 두려웠을 테니까.

소문을 의식했는지 어느 날부터 선생님은 두꺼운 카디건을 입고 다니기 시작했다. 하지만 화살은 또 다른 곳으로 날아갔다.

"담임 겨땀 본 사람?!"

'여자의 털' 문제는 우리 사회에서의 여성의 위치를 여실히 보여준다. 그동안 여성은 '(남성으로부터) 보여지는 존재'였던 것이다. 남성은 겨드랑이털이 있든 다리털이 있든, 그것이 자연스러운 것으로 인정되는 반면 여성은 남성에게 '보여지는 모습'으로 존재한다. 매끈한 겨드랑이와 다리는 남성들이 재단한 이상적인 여성의 이미지였을 것이다. 그리고 지금 그것은 마치 지키지 않으면 큰일나는 정답이 되었다.

이는 '남자의 털'까지도 피곤하게 만든다. 얼마 전까지는 방치해도 되는 것이었을지 몰라도, '남자들도 관리하는 시대'가 되어버린 지금은 기르지도 밀지도 못하는 애매한 상황이 되어버리지 않았는가. 다 밀었다가는 '여자냐?' 같은 놀림 섞인 소리를, 방치했다가는 '징그럽다' '관리 좀 해라' 같은 소리를 들을 게 뻔하다.

비단 털뿐만이 아니다. 털은 여성과 남성, 너와 나 사이를 가르는 수많은 의미 없는 장애물의 메타포일 뿐이다. 잘 생각해보면 사람들이 이런 의미 없는 일에 얼마나 많은 에너지를 소모하는지 알 수 있다.

내 몸엔 털이 있다. 그게 당연하다. 그렇다면 다른 사람의 몸에도 물론 털이 있을 것이다. 문제가 있다면 그건 편견뿐이다. 털을 기르든 말든 그 누구도 이에 대해 왈가왈부할 수 없다. 만약 이해할 수 없다면, 이해하기 힘들다면 그저 눈을 감으면 그만이다. 그 누구도 억지로 당신의 눈을 열어 '내가 기른 다리털 좀 보시라고요!' 하지 않는다. 털이 당신 겨드랑이로 날아가 살포시 앉아 병균처럼 싹을 틔우지도 않는다.

그럼에도 자꾸만 내 털에 대해 왈가왈부하겠다면 나도 어쩔 수 없다. 억지로 당신 눈을 뜨게 해서 내가 기른 다리털 자랑 좀 해야겠다.

혼자 해도
괜찮잖아요?

혼자 하는 걸 좋아한다. 혼자 밥 먹기, 혼자 영화 보기, 혼자 공연 보기, 혼자 여행 가기, 혼자 노래방 가기, 혼자 걷기, 혼자 운동하기, 혼자 음악 듣기, 혼자 게임하기, 혼자 카페 가기…… 그렇다고 누군가와 함께하길 꺼려하는 건 아니다. 그건 그거대로 좋고, 이건 이거대로 좋다. 그냥, 혼자 있는 게 편하다.

25살이 될 때까지 내 방을 가져본 적이 없었다. 중학교 때까지는 누나와 한방을 썼고, 고등학교에 들어가면서는 기숙사, 대학에 입학해서도 잠깐 기숙사 생활을 하다 자취를 시작했는데 월세가 부담스러워 친구와 같이 살아야 했다. 23살까지는 그렇게 살았다. 그러다 24살, 그러니까 복학을 하고 혼자 살게 되었는데 그게 글

쎄, 신세계였다. 24년간 내 방은커녕 개인 공간마저 가져본 적이 없던 놈에게 (비록 원룸이지만) 집이 생긴 것이다.

새로 생긴 '내 집'은 숨겨져 있던 내 모습을 알게 했다. 감춰져 있던 내 부지런함을 발견하게 됐달까. 내 공간이니까 가급적 더럽히고 싶지 않아 열심히 청소를 하게 됐고, 친구 놈이 깨워줄 거라 믿고 긴장을 놓은 채 잠들어서 수업에 지각하는 일도 눈에 띄게 줄었다. 과제는 또 어찌나 열심히 했던가. 냉동실에 넣어둔 맥주잔을 꺼내 맥주를 마시며 리포트를 쓰면 내 글이 마치 헤밍웨이 글 같았다지(물론 알코올의 효과입니다). 겨우 혼자 사는 것뿐이었지만 삶의 질은 완전히 달라져 있었다. 나란 놈은 혼자 둬야 자기 관리가 극대화된다는 것을 처음 깨달은 아주 값진 시간이었다.

25살이 되던 해, 누나가 결혼을 하면서 누나가 쓰던 방은 빈방이 되었다. 그간 안방, 거실, 누나 방을 돌아다니며 새우잠을 자던 내게 찾아온 희소식이었다. 잠은 그렇다 쳐도, 노트북을 펴고 작업할 내 공간이 없다는 게 정말 큰 스트레스였다. 좁은 식탁에서 노트북을 펴고 앉아 있다가도 식사하려는 아빠에게 자리를 비켜줘야 했고, 소파 앞에 쭈그려 앉아 작업하면 어깨와 허리가 부서질 듯 아팠다. 무엇보다 결정적인 사건이 하나 있었는데, 식탁 위에 노트북을 두고 잠깐 나갔다 온 사이 노트북 액정이 부서지고 모서리가 깨져 있었다. 알고 보니 엄마가 청소기를 돌리다 충전기 선을 건드려 떨어뜨린 것이었다. 노트북은 바닥으로 곤두박질쳤겠지. 분노가 치밀어 올랐다. 이건 엄마에 대한 원망이 아니요, 오로지 내 공간 없음에 대한 분노였다. 내 방만 있었다면! 내 방 내

책상 위에 노트북을 올려놨다면 이런 일이 벌어지지 않았을 텐데! 망가진 모니터 액정을 바라보며 생각했다. 내 방이 필요해.

누나는 결혼식을 마치고 하와이로 신혼여행을 떠났다. 배웅하고 집에 돌아오자마자 나는 마치 기다렸다는 듯 누나 방의 짐을 싹 다 빼버렸다. 그리고 반쯤 미친 사람처럼 그간 쌓인 한을 풀기 시작했다. 장판을 벗겨내고 벽에 페인트를 칠하고 가구를 새로 사서 조립해 집어넣고(혼자 하다 안 되겠다 싶어서 아빠의 힘까지 빌렸다), 그렇게 내 방이 탄생했다.

내 방이 생기고 나니 정말로 삶의 질이 나아졌다. 샤워를 마치고 은은한 수면등 아래에서 술을 홀짝이며 보는 영화 한 편과 책 한 권이 이를 증명한다. 그게 그렇게 행복할 수가 없거든요.

한때는 혼자 있는 걸 즐기는 일이 복잡한 관계에 얽히고 싶지 않아서, 사람들과 관계를 맺는 게 어색하고 피곤해서 선택하는 회피 수단처럼 느껴질 때가 있었다. 부족한 사교성을 '난 혼자 있는 걸 좋아하니까'라는 이유로 합리화하는 것 같았다. 그래서 내키지도 않는데 억지로 누군가와 함께하려는 노력도 많이 했다.

많은 사람이 모든 일을 꼭 '같이' 해야 한다고 생각하는 것 같다. 그들은 배가 고파도 혼자 밥을 먹어야 한다면 차라리 굶었다. 혼자 영화나 공연을 보러 간다고 하면 나를 좀 별난 사람 취급했던 것도 같다. 그런 시선들이 당연히 달갑지 않았으니, 혼자 하고 싶은 것들을 많이 숨기며 살았다. 그런데 나이를 먹다보니 자연스레 눈치 보는 일이 줄었고, 그동안 혼자 하기에는 눈치 보였던—때로는 억지로 누군가와 함께했던—목록을 하나씩 해나갔다. 그 목록 중 일부를 적어보고자 한다.

혼자 밥 먹기

어색한 사람과 밥 먹는 건 진짜 고문이다. 또한 상대방이 먹는 속도에 맞추는 건 너무 힘들다. 상대방은 벌써 식사를 마치고 아무 말 없이 날 쳐다보며 기다리고 있다면? 밥이 입으로 넘어가는지 코로 넘어가는지 모르겠다. 혼자 밥을 먹으면 온전하게 밥과 반찬의 맛을 음미할 수 있다. 물론 아직까지 혼자 고깃집에 가서 고기를 구워 먹거나, 스테이크를 썰어보진 못했으나 웬만한 식당은 혼자서 다 가봤다.

혼자 영화나 공연 보기

꼭 보고 싶은 영화, 공연은 혼자서 보는 편이다. 작품에 집중하는 데 훨씬 도움이 되기 때문이다. 누군가와 함께 보는 영화나 공연도 좋지만, 혼자서 보는 것도 그에 못지않게 정말정말 좋다. 작품을 통해 느껴지는 감정을 마구 쏟아도 되는 것이 특히나 좋다. 슬프면 울어도 되고 웃기면 미친 듯이 웃어도 된다. 아무리 친한 친구라도 보여주고 싶지 않은 모습이 있는 법이니까. 혼자 보면 그런 거 하나도 신경 쓰지 않아도 된다.

혼자 여행하기

사실 혼자 하는 여행은 한 달이 넘어가면 처절하게 외로워진다. 마치 세상에 나 혼자만 남은 것 같고, 인간을 왜 사회적 동물이라고 하는지 뼈저리게 이해할 수 있게 된다. 그럼에도 혼자 하는 여행에는 장점이 너무나도 많다. 내게 여행은 자유로워지려고 하는 거다. '혼자' 떠났다는 것 자체가 자유 아니던가. 내가 무얼 하든 뭐라 하는 사람 아무도 없다. 내가 가고 싶은 곳, 먹고 싶은 것, 하고 싶은 일, 모든 걸 내 마음대로 하면 된다. 누군가와 함께 여행을 해본 사람은 알겠지만 정말 사소한 걸로 크게 싸우게 되곤 한다. 혼자 하는 여행은 의견 충돌로 두터웠던 우정을 와르르 무너뜨릴 일도, 사소한 갈등으로 뜨거웠던 애정의 온도를 서늘하게 식힐 일도 없다. 하고 싶은 걸 하면 된다. 누군가와 함께하지 않아도 본인 마음속에 수많은 갈등과 충돌이 일어나는 걸 느낄 것이다. 그러면서 내가 좋아하는 것은 무엇인지, 나는 어떤 사람인지를 다시금 깨닫는 시간이 될 것이다. 그런 점에서 혼자 하는 여행은 또 다른 나와 여행하는, 자신과 친구가 되는 과정이다. 나도 몰랐던 나를 만나는 일이다.

혼자 걷기

생각이 많을 땐 무조건 혼자 걸어야 한다. 운동장이든, 동네든, 처음 내린 역이든. 그런다고 해결되는 건 하나도 없지만 생각이 정리된다. 그게 참 위로가 된다. 집에 돌아와 정리된 생각을 글이나 그림으로 남겨도 좋다. 그럼 전보다 기분이 한결 나아진다.

그 외에도 혼자 운동하기, 혼자 게임하기, 혼자 노래방 가기, 혼자 서점 가기, 혼자 카페 가기 등 둘이 해도 좋지만 때론 혼자 하면 더 좋은 일들이 많다.

나는 언제부터인가 혼자 있는 내 모습을 인정하기로 했다. 부족한 사교성 때문이라며 나 자신의 목을 조르는 것보다, 그냥 혼자 있는 시간을 즐기는 편이 훨씬 낫다. 누군가 그랬다. 혼자 있는 시간을 견디지 못하면 그건 외로움이고, 즐긴다면 그건 고독이라고. 나는 외로운 게 아니다. 고독을 즐기고 있을 뿐이다.

혼자 밥 먹는 게 어때서요. 밥 잘 넘어갑니다.

착한 게 아니라
착한 척하는 거야

한때 서점가에 『미움받을 용기』라든지 『내 인생을 힘들게 하는 좋은 사람 콤플렉스』 같은 책이 베스트셀러에 올랐던 적이 있다. 제목만으로 '아, 사람들의 관심을 끌 만하겠구나' 싶었다.

짧은 제목만으로 독자의 마음을 끌 수 있다는 건 그 제목이 가진 힘, 그러니까 강력한 공감 없이는 어려운 일이다. 아마 서점을 찾은 사람들은 평소 하고 있던 고민을 그대로 드러낸 책에 마음이 꽂혔을 것이다. 『미움받을 용기』라니! 그래, 평소 학교에서, 직장에서, 하고 싶어도 욕먹을까봐 꼭꼭 삼켰던 말, 미운털이 박힐까 살얼음 위를 걷듯 조심스럽게 했던 행동들은 따지고 보면 '미움받고 싶지 않아서'였어. 그렇게 느끼는 사람이 나뿐만은 아니었구나!

『좋은 사람 콤플렉스』라니! 사람은 당연히 좋고 착해야 되는 거 아니냐? 하긴 생각해보면 착해야 한다는 거, 욕먹기 싫어서 내가 선택한 방법이잖아? 착하다는 게 꼭 좋기만 한 건 아닐 수도 있겠구나. 이런 책이 베스트셀러인 걸 보면 이런 생각, 나만 하고 있던 게 아닌가봐. 좋아, 이 책이라면 그런 고민을 조금이나마 해결할 수 있을 것 같아. 이런 식으로 평소에 앓던 마음의 병을 『미움받을 용기』『좋은 사람 콤플렉스』 같은 제목 속에서 확인받는 듯해 강하게 끌리는 것이 아닐까.

착한 사람이고 싶다. 늘 그래왔다. 생각해보면 잠깐 욕먹고 그칠 일도 많았는데, 욕먹는 게 뭐 그리 무섭다고 늘 돌고 도는 길을 택했다. 누군가에게 착한 사람으로 남는다고 해서 누가 돈을 주는 것도, 그 밖의 이익이 생기는 것도 아니었는데 말이다.

아주 어릴 적, 「꾸러기 수비대」라는 만화영화를 좋아했었다. 「꾸러기 수비대」의 주인공 '똘기'는 내가 가장 좋아하는 캐릭터였는데, 어느 날 집 앞 문방구에 갔더니 똘기가 그려진 수첩을 팔고 있었다. 가격은 500원. 수첩을 발견하는 순간, 내 눈엔 반짝 불이 들어왔고 '어머, 이건 사야 해'가 되어버렸다. 그러나 돈이 없었다. 당시 500원은 오락 한 판을 하고도 맥주 모양 사탕과 쭈쭈바를 사먹을 수 있는 꽤 큰돈이었다. 그래서 수첩을 훔쳤느냐, 그건 아니다. 미움받을 용기도 없던 소심한 내게 그런 담력이 있었을 리가. 그래서 우리 집 슈퍼 금고에서 500원을 훔쳤다(부모님 돈을 훔칠 만한 담력은 있었나보다). 그리고 소원대로 똘기 수첩을 손에 넣었다. 그런데 다음 날, 일이 터지고야 말았다. 내가 금고에 손을 댔다는 사실을 엄마가 알아차린 것이다. 엄마는 나를 심문하기 시작했다. "그 수첩 어디서 났니?" "너 금고에 손댔니?" "바른대로 말 안 해?!" 궁지에 몰린 나는 여러 변명을 하다가 결국 시인하고야 말았다. 그날 먼지 나게 맞았다.

이 사건이 내가 기억하는 최초의 '미움받기 싫어서 했던 행동'이다. 애초에 엄마에게 사달라고 이야기해볼 수도 있었는데 시도조차 못 했던 이유는 쓰잘데기없는 물건을 산다는 이유로 미움받는 것이 싫었기 때문이다. 또한 돈 훔친 것을 들켰을 때 바로 시인하지 못한 것도 엄마를 실망시키고 싶지 않아서, 미움받고 싶지 않아서였다. '말 잘 듣는 착한 아들' 이미지에 먹칠하고 싶지 않았던 것이다.

누가 착한 아들이 되라고 한 것도 아닌데 나는 누구에게나 착해야만 한다는 강박관념을 갖고 자랐다. 기분이 안 좋을 때도, 의견이 충돌할 때도, 곤란한 상황일 때도, 스스로를 희생해서라도 착한 사람으로 남아야 했다.

그래서 결국 내가 얻은 건 무엇이었을까? 바람대로 대부분의 사람에게 좋은 사람, 착한 사람으로 남을 수 있었다. 그러나 나는 안으로 썩어갔다. 본심은 그게 아닌데 왜 웃고 있어야만 할까. 원하는 건 이게 아닌데, 왜 꼭 이걸 해야만 하는 걸까. 스스로 착한 사람 프레임에 들어가놓고선 그 속에 빠져 허우적대는 꼴이 된 것이다.

많은 상황에서 착한 사람 콤플렉스는 스트레스를 유발하지만, 특히 외주로 그림 작업을 할 때는 최악 중 최악이다. 무리한 주문

에도 오케이를 외쳐야 하기 때문이다. 물론 나도 안다. 아닌 건 아니라고 똑 부러지게 이야기할 줄 알아야 한다는 거. 머리로는 알겠는데 막상 그 상황이 되면 바보같이 웃으며 이렇게 이야기하게 된다. "네, 해드릴게요."

문제는 이거다. '거절을 못 한다'는 거. 거절을 한다고 거절당한 사람이 밤늦게 식칼 들고 찾아올 리 없다는 걸 알면서도 결국 거절을 못 한다.

가장 힘든 거절은 뭐니뭐니해도 그림 그려달라는 부탁이다. 정말 많은 사람이 그림 그리는 것을 노동으로 인지하지 못하는지 너무 쉽게 그림을 그려달라고 부탁한다. 심지어 처음 만나는 사람에게 '저는 그림을 그려요' 하고 나를 소개하면 '그럼 제 얼굴 좀 그려주세요!'라고 할 정도니 인식이 어느 정도인지 알 만하다. 이는 식당을 하는 지인의 가게에 가서 '요리할 줄 아니까 음식 공짜로 해줘!' 하는 거랑 크게 다를 바 없다. '그림은 재료비가 안 들잖아요' 하고 반문하는 사람도 있을 텐데(실제로 있었다), 20년이 넘게 그림 그리기 위해 쏟았던 시간과 노력은 어찌 계산이 안 되는지(그리고 그림도 재료비 듭니다). 뭐, 이런 분들은 커피 원가가 몇십 원이다 하는 얘기를 듣고 방방 뛰는 사람들일 테니 굳이 상대하고 싶지도 않지만, 그러면서 밥을 먹거나 카페 가는 데는 몇만 원을 아끼지 않고, 몇십만 원이 넘는 의류나 신발을 사는 걸 보면 어처구니가 없다. 어찌 됐든 '죄송해요. 그리기 힘들 것 같아요'라는 대답에 속 좁은 사람, 돈만 밝히는 사람이 되는 게 싫어 도저히 거절할 수가 없다.

해결책은 사실 매우 간단하다. 착해지지 않으면 된다. 드라마 「아내의 유혹」에서처럼 점 하나 찍고 나타나서 얼굴에 철판 깔고 행동하면 되는 것이다. '(공짜로) 그림 좀 그려줘요' 하는 말도 안 되는 부탁에는 '닥치세요'로 일관하고, '포스터 글씨체랑, 컬러랑, 여기 이미지도 싹 다 다시 해주세요' 하는 무리한 주문에는 '그러니까 싹 다 밀어버리면 되죠?'라고 대답해버리면 그만이다.

그러나 아직까지 나는 그게 어렵다. 미움받고 싶지 않아서. 누구에게나 좋은 사람, 착한 사람이고 싶다. 생각해보면 그건 지나친 욕심이고, 결국 진짜 착하다는 의미와는 다른, '욕먹지 않기 위해 착한' 것임을 알면서도 말이다.

그래서 그냥 인정하려고 한다. 나는 착한 게 아니라 착한 척하는 거다. 욕먹기 싫어서, 혹여나 나쁜 불이익이 생기진 않을까 싶어서, 그런 이기적인 마음으로 웃는 얼굴 가면을 쓰고 착한 척하는 거다. 가면 뒤의 내 얼굴을 보면 심히 놀랄 것이다. 썩을 대로 썩은 표정을 짓고 있는 내가 있을 테니.

"좋은 것 같아.
아니, 네가 좋아"

의외로 많은 사람이 자신이 무엇을 좋아하는지 잘 모른다. 무엇을 먹고 싶다, 어딘가에 가고 싶다, 무언가를 하고 싶다, 정말 시도 때도 없이 말하지만 대부분의 '취향'이란 대세에 따라 결정되지 온전한 경험에 의해 만들어진 것은 그다지 많지 않다.

난생처음 혼자 여행을 갔을 때였다. 혼자 여행을 하려면 하나부터 열까지 모두 내가 선택하고 결정해야 한다는 것을 여행지에 도착하고 나서야 깨달았다. 그 선택이란 것이 어느 정도의 범위냐하면, 아침에 몇 시에 일어날까 하는 것부터 누구를 만날지, 무엇을 먹을지, 심지어 길을 잃었을 때 행인에게 길을 물어볼지 그냥지도를 보고 찾을지까지 스스로 결정해야 했다. 그런 선택의 순간이 반복되다보면 자아가 여러 개로 분리된다. '해!'라고 얘기하는 진취적이고 도전적인 나와 '하지 마…'라고 얘기하는 소극적이고 독립적인 나. 이 과정에서 스스로 원하는 것이 무엇인지 진지하게 고민하게 된다.

니스를 여행하던 중, 정말 기분 나쁜 일이 일어나 하루 종일 우울했던 적이 있다. 혼자 여행을 다닌 지 한 달 좀 넘었을 즈음이니 여행과 나 사이에 권태기 같은 것이 오기도 했고, 이럴 때 내 기분을 좋게 하려면 무엇을 해야 하나 진지하게 고민을 해봤다. 사실 일상에선 그리 심각하게 이런 고민을 하진 않는다. "나 오늘 기분이 더러워" 하고 얘기하면 "술 먹자!"며 주위에서 해결책을 던져주기 때문이다(술이면 대부분의 문제는 해결되지, 암, 그렇고말고). 그런데 지구 반대편 프랑스까지 와서 혼자 술을 마시며 기분 전환하자니 왠지 더 우울해질 것 같고, 그렇다고 아무것도 안 하자니 미친 듯이 우울해질 것 같고. 맛있는 걸 먹어볼까 싶다가도 아, 그럴 만한 돈이 없구나 깨닫고. 머릿속에서 여러 명의 자아가 큰 테이블을 둘러싸고 열띤 토론을 벌였다. "거, 부정적인 곰씨! 조용히 좀 하시오! 우울하면 맛있는 것 좀 사먹을 수도 있지, 뭐 그리 깐깐하게 구쇼?" 하고 진취적이고 감정적인 내가 소리치면, "아직 여행 일정이 한 달이나 더 남았어요. 마시멜로 이야기 몰라요? 눈앞의 마시멜로에 현혹되지 말라구욧!" 하고 이성적이고 현실적인 내가 안경을 고쳐 쓰며 되받아친다. 이러니 식당 앞에서 한 시간을 서성이고 있을 수밖에. 결국 내가 내린 결정은 무엇이었을까? 먹었습니다. 라따뚜이와 티라미수를 말이죠. 그것도 아주 맛있게요.

식당에 들어가기 전 진취적인 나는 현란한 말발로 다른 자아들을 물리치고 소심한 나와 단둘이 마주했다. "그래, 먹는 건 좋아. 근데 꼭 여기여야만 하니? 여긴 가족과 연인들뿐이잖아……. 이런 데서 혼자 밥 먹다간 체해서 응급실 갈걸……. 그러면 더 우울해지는 건 알고…… 있지? 아니, 뭐 그렇다고…… 가도 되긴 해…… 그냥 그렇다고……" 하고 소심한 내가 힘들게 말을 꺼냈지만 "닥쳐. 내 기분은 내가 책임진다"며 진취적인 내가 이미 식당 안으로 발을 들이밀어버렸다.

이건 하나의 예일 뿐, 여행 내내 이런 과정은 계속해서 반복된다. 아침에 눈을 뜰 때부터 '더 자야 하는 나'와 '지금 일어나야 하는 나'가 싸우고 있으니 말 다했지. 그러니 내가 지금 가장 하고 싶은 것은 무엇일까, 나란 사람은 무엇을 가장 좋아할까, 이런 것들이 자연스럽게 체득된다. 이는 20년 넘게 학교, 학원 스케줄에 맞춰 움직이고 생활했던 나에겐 큰 충격이자 깨달음이었다. 그동안 '좋아한다'는 의미를 사전적으로만 이해했을 뿐, 직접 느껴본 적이 없었던 것이다.

그때부터 자아의 목소리에 더 귀 기울이게 됐다. 어쩌면 여행이란 내 자아와 함께하는 연애 같은 것인지도 모른다. 내가 무엇을 보면 좋아하는지, 무엇을 하면 행복한지 끊임없이 고민하고 행동하게 되니까. 그동안 몰랐던 취향을 발견하면 괜히 반갑고 설레고, 그것은 취미로, 심지어는 직업으로 발전하기도 한다.

그래서 발견한 '내가 좋아하는 것'에는 무엇이 있을까?

나는 노래하는 걸 좋아한다. 듣는 것보다 하는 것이 더 좋다. 생각해보면 어렸을 적부터 노래하지 않은 순간이 없다. 합창 대회나 팝송 대회도 빠지지 않고 참여했고, 고등학교 때부터는 아예 혼자 노래방에 다니기도 했다(지금은 코인 노래방이 많아졌지만, 그땐 많지 않아 혼자 노래방에 가서 서너 시간 노래했을 정도다). 노래하는 게 너무 좋아 아예 뮤지컬을 하기로 마음먹었고, 무대 위에서 노래할 수 있는 직업을 택했다. 노래를 하면서 가장 기분 좋은 순간은 아무 문제없이 한 곡을 다 불렀다는 기분이 들 때다.

친구들과 함께 있을 땐 같이 걷는 걸 좋아한다. 무언가를 '같이 한다'는 것은 굉장히 많은 것을 끄집어내기 때문이다. 단순히 걷는 행위라도 말이다. 길을 따라 걸으며 주변 풍경들을 감상하고 있노라면 자연스럽게 대화 주제가 생기고 편안한 대화가 이어진다. 그런 시간이 참 좋다.

혼자 있는 시간을 좋아한다. 따뜻한 물로 샤워를 마친 뒤에 술 한잔 마시면 새삼 행복해진다. 한 편의 영화까지 함께한다면 세상 부러울 게 뭐가 있으랴.

남들이 다 아는 곳보다는 왠지 나만 알 것 같은 장소, 작고 소박한 곳을 좋아한다. 그곳이 지닌 따뜻함, 그러니까 '분위기'에 마음이 끌린다. 억지로 조성한 분위기 말고, 시간이 축적되어 만들어진 자연스럽고 따뜻한 분위기. 여행지도 유명한 관광지보다 현지인들이 많이 사는 작은 마을이 기억에 더 많이 남는다. 뭐가 됐든 이야기가 담긴 것이 좋다.

그림 그리는 것을 좋아한다. 그림을 그리면 침착해진다. 선을 따고 색으로 공간을 채우는 데 집중하다보면 잡생각이 전부 사라

진다. 일종의 명상 같다고 할까. 놀랍도록 시간이 빨리 간다.

글을 쓰는 것도 좋아한다. 손으로 쓰는 것도, 타이핑하는 것도 좋아하는데 가끔은 연필을 잡은 손이 생각을 따라잡지 못해 손으로 글 쓰는 게 불편할 때도 있다. 하지만 천천히 생각하며 신중하게 단어와 문장을 고르기엔 손으로 쓰는 것만큼 좋은 방법도 없는 것 같다.

물이 있는 곳을 좋아한다. 다닌 여행지만 봐도 바다나 호수가 굉장히 많다. 물을 보면 마음이 편안해진다. 아주 오래전에 무언가 두고 온 기분이 들기도 하고, 물속의 세상을 상상하는 것은 우주 속을 상상하는 것만큼 재미나기도 하다.

가족 영화를 좋아한다. 「미스 리틀 선샤인」「내 어머니의 모든 것」은 내가 가장 좋아하는 영화다. 물론 애니메이션처럼 다양한 장르의 다양한 주제를 담은 영화도 좋지만, 가족을 그려낸 영화를 특히 좋아한다.

물에 얼음을 넣어 마시는 것을 좋아한다. 아메리카노를 시키면 대부분은 아이스다. 초콜릿 케이크를 좋아하고, 케이크를 시키면 꼭 아메리카노를 시켜야 한다. 시럽이 든 커피는 싫다.

최근엔 위스키에도 엄청난 관심이 생겼다. 아직 마셔본 위스키가 많지는 않아 취향을 운운하긴 어렵지만, 위스키 관련 서적을 보고 마셔보고 싶은 위스키가 몇 생겼다. 아드벡 10년, 글렌모렌지 10년, 다케쓰루 12년, 메이커스 마크가 그것이다.

정장보다는 캐주얼한 옷을, 구두보단 운동화를 선호한다. 정장을 싫어하는 건 아니지만 정장을 입는 순간 평소보다 주변 시선을 다섯 배는 더 신경 쓰게 되는 것 같다. 뭐든 편하고 자연스러운 게 좋다.

많은 사람이 "무엇을 좋아하나요?"란 질문에 "이게 좋은 것 같아요"라고 대답한다. 어릴 때부터 본인의 의사를 표현하는 게 워낙 서툰 환경 속에서 자라다보니—모르는 게 있어도 쉽게 손을 들고 질문하지 못하는 교육 환경이라든지—자신의 상태를 에두르는 게 습관이 된 것 같다는 생각을 한다.

그래도 적어도 '내가 좋아하는 것'에 있어선 힘을 주고 얘기할 수 있어야 하지 않을까. 내가 무엇을 좋아하는지도 잘 모르는 채 살아가는 인생은 너무 불행하잖아. 좋으면 좋은 거다. 연인 사이에서도 "네가 좋은 거 같아"보다는 "네가 좋아"가 훨씬 듣기 좋지 않은가.

내가 좋아하는 거 '같은' 것 말고 내가 좋아하는 것. 그것들이 있기에 퍽퍽한 일상이 그나마 즐겁다. 이 세상에 앞으로 더 좋아하게 될 것이 많다는 사실도 새삼스레 기쁘다.

그럼, 이제 따뜻한 물로 샤워하고 위스키를 마시러 가야겠다.

나는 정말
괜찮은 걸까?

가끔 그런 생각을 한다. 난 나 스스로에게 너무 가혹해. 두 문장을 뱉었을 뿐인데 당신이 무슨 생각을 하는지 눈에 훤히 보이는 것 같다. 팔짱을 낀 채 실소를 뱉으며 '뭔 개소리야' 하는 모습. 그럴 만도 하다. 누가 나를 본다면 지금의 나는 자기 관리는 저 멀리 내던져버린 지 오래이고, 그저 하고 싶은 것만 하면서 사는 것처럼 보일 테니까. 침대에 가만히 누워 몇 시간이고 천장만 보고 있든, 먹고 싶은 것을 잔뜩 시켜 입안에 욱여넣고 있든, 어찌 됐든 시간은 흐른다고 생각하며 살고 있다. 이렇듯 잉여로운 태도이다 보니 '가혹하다'는 표현에 실소가 터질 만도 하다. 그래, 나도 그렇게 생각한다. 내 삶이 가혹하다니, 진짜 웃긴다. 보통 가혹하단 말

"괜찮아."

은 열심히 살아가지만 그만한 보상을 받지 못하는 사람들에게 쓰니까.

하지만 정말 내 인생이 너무 가혹하다고 느낄 때가 있다. 믿기 어렵겠지만 신이 나를 버렸구나 생각한 적도 있다. 잦지는 않아도 그런 시기는 주기적으로 찾아온다. 인생이란 무대에서 주인공 역할을 맡았다가도, 순식간에 지나가는 행인이 되어버리기도 한다. 다행인 건 행인에서 다시 주인공이 될 때도 있다. 그럴 땐 바보같이 그냥 웃어버리고 만다. 역할을 잃었을 때의 기억은 아무런 상관이 없어진다. 지금 기분이 좋고 행복하니까, 그깟 슬픈 기억 따위는 술자리 안줏거리가 되어버리는 거다. 마치 내 얘기를 남 얘기하듯이 하면서.

심지어는 아픔의 한가운데 서 있는데도 나 자신의 슬픔을 인정하지 않으려 할 때도 있다. 그것이야말로 정말 가혹하다. 나 스스로가 행인이 된 것에 가혹함을 느끼지 않으려 한다는 것. 누가 봐도 가혹한 일이 분명한데 스스로에게 되뇐다. 이건 가혹한 일이 아니야, 이보다 힘들게 사는 사람도 훨씬 많아, 난 아프지 않아, 이런 건 진짜 아픔이 아냐, 이건 엄살일 뿐이야, 난 괜찮아. 어쩌면 이것은 내가 겪은 아픔을 잊기 위한 방법일 수도 있지만, 타인의 시선을 지나치게 의식한 결과인 것 같단 생각도 든다. 제삼자의 눈으로 내가 겪은 아픔을 저울질하는 것이다. '이 정도의 경험은 누구나 다 하니까 눈물을 흘려선 안 돼.' '이런 일은 종종 일어나니 태연하게 넘어가(는 척이라도 해)야 해.' 어쩌면 영화관에서 슬픈 영화를 볼 때 눈치가 보여 울지 못하는 것과 비슷할지 모르겠다. '이 장면이 눈물 흘릴 정도야?' 같은 시선이 두려운 것이다.

언제부터 내 감정에 무게가 생긴 걸까? 어린아이들의 감정에는 무게가 없다. 그들은 슬프면 목 놓아 울고, 기분 좋으면 사방을 뛰어다니며 기쁨을 표출한다. 그러나 나이를 먹으면 먹을수록 감정엔 무게가 생기고, 그에 맞는 행동을 하지 않으면 이상한 사람이 된다. 친한 친구를 잃은 것과 아끼는 반려동물을 잃은 슬픔은 결코 누구의 기준으로도 무게를 달 수 없다. 어떤 것이 더 아픈 경험이라고 얘기할 수 없다. 감정이란 늘 상대적이고 지극히 개인적인 거니까. 같은 영화의 같은 장면을 보고도 눈물 콧물을 쏟는 사람이 있는 반면, 클로즈업된 배우의 얼굴을 바라보며 '역시 우리 오빠는 우는 모습도 아름다워' 같은 생각을 하는 사람도 있는 법이다. 우린 모두 다른 삶을 살아왔기에 아픔을 느끼는 지점 역시 다르다.

2013년, 오스트리아 린츠에 갔을 때의 일이다. 길었던 두 달간의 유럽 여행은 마무리 단계에 접어들고 있었다. 처음으로 혼자 떠난 장기 여행이었기에 사건 사고가 끊이질 않았다. 출발 당일부터 유럽행 비행기를 놓쳤고, 파리에서는 기차표를 잘못 예약해 10만 원을 날렸고, 프라하에서는 지하철 표를 잘못 구입해 경찰서로 끌려갈 뻔하고 낯선 사람과 함께 산속에 표류되기까지 했다. 상황이 이렇다보니 린츠에 도착할 무렵에는 웬만한 사건 사고는 초연하게 대처하게 되었다. 그래서였을까. 아직 안심할 때가 아니라고 경고하듯, 린츠에서도 일이 터지고야 말았다.

린츠에서는 카우치 서핑을 통해 알게 된 실비아의 집에 머물렀는데, 실비아는 남편 크리스티앙과 검은 고양이 라비올리(이름이 기억이 안 나서 그 집에서 먹은 라비올리 파스타의 이름을 따 붙여봤다)와 함께 살고 있었다. 그녀는 음식을 만들어줬을 뿐만 아니라, 집에서 지내는 동안 조건 없는 호의를 베푸는 등 굉장히 친절하게 대해주었다.

린츠 역에 도착해 그녀를 만나자마자 그녀는 나를 마트로 데리고 갔다. 그녀가 "뭐 먹고 싶니?"라고 묻기에 "파스타요"라고 대답했더니 냉큼 냉동 라비올리와 파스타 소스를 집어들고 계산대로 향했다. 내가 계산을 하려 지갑을 꺼내자 그녀는 정색하며 이렇게 얘기했다. "내 손님은 내가 계산해."

반할 뻔했다. 돈 내줘서 그런 건 아니고요. 가난한 여행자의 심정을 누구보다도 잘 이해하고 있는 배려심 깊은 마음에 감동한 것이다. 그녀가 카우치 서핑을 하는 이유도 자신이 여행을 다니며 수많은 여행자의 카우치에 신세를 졌던 만큼 보답하고 싶기 때문이라 했다. 멋있었다. 호의는 거기서 끝나지 않았다. 그녀는 내게 자전거도 빌려줬다. 린츠는 그리 큰 도시가 아니어서 자전거로 금방 돌아볼 수 있을 거란 말과 함께. 자전거를 빌린 순간부터 머릿속엔 아름다운 린츠의 골목을 누비고 다니는 뮤직비디오가 그려졌다. 그런데 그게 화근이었다.

나는 그녀의 남편 크리스티앙의 자전거를 타고 린츠 시내로 향했다. 상상한 대로였다. 내가 그린 뮤직비디오와 흡사했다. 지나가는 사람에게 괜히 눈을 찡긋거리기도 하고 지저귀는 새들을 향해 휘파람을 불어보기도 했다. 자전거 하나로 순식간에 디즈니 영화 속 주인공이 되었던 것이다(한마디로 혼자 쇼를 했다). 기분이 다 싶어 익숙한 시내를 벗어나 더 멀리 나가기 시작했다. 점점 인적이 드문 곳으로 올라가기 시작하자 어느새 산을 오르고 있었다. 땀을 뻘뻘 흘리며 정상 비슷한 곳에 도착하니 전경이 꽤나 멋졌다. 야외에서 운영 중인 펍도 하나 있었다. 이럴 때 맥주가 빠지면 또 섭섭하지. 펍에 들어가 맥주 한 잔을 시원하게 들이켰다. 그리고는 다시 자전거에 몸을 싣고 올라왔던 길을 내려가기 시작했다. 가파른 길들이 이어졌다. 적당히 알딸딸한 기분에 시원한 바람이 내 살갗을 스쳐 지나가니 '아, 좋은 생이었어' 싶은 생각까지 들었다. 그러던 찰나, 쿵. 갑자기 눈앞의 코너에서 트럭 한 대가 쑥 하고 머리를 들이밀었다. 깜짝 놀라 브레이크를 꽉 쥐었다. 자전거가 갑자기 멈췄고 놀랍게도 나는 튕겨나가 그대로 하늘을 날았다. 그리고 쿵. 정말 마지막 좋은 생이 될 뻔했다.

눈을 뜨자 눈앞엔 넘어진 채로 굴러가고 있는 자전거 바퀴가, 그리고 깜짝 놀라 운전석에서 뛰어나오는 아저씨가 보였다. 아저씨는 괜찮냐며, 어디 다친 데는 없냐고 걱정을 했지만, 정작 내 정신은 오직 자전거에만 쏠려 있었다. 자전거! 겁나 멋지고 착한 실비아가 빌려준 자전거! 실비아가 (아마도) 세상에서 가장 사랑하는 남편의 자전거! 몇 차례나 괜찮냐고 묻는 아저씨를 겨우 돌려보내고 서둘러 자전거를 살펴봤다. 손잡이 부분이 찢어지고 스크래치가 나 있었다. 절망스러웠다. 신세를 지고 있는 집에서 호의로 빌려준 자전거를 망가뜨리다니. 도대체 나를 어떻게 생각할까. 호의를 똥으로 갚은 조심성 없고 무례한 손님이라고 생각하진 않을까.

혹시 수리비로 엄청난 돈을 청구하지는 않을까. 어떻게든 망가진 부분을 감춰볼까도 했다. 이리 덮어보고 저리 덮어봤지만 답은 없었다. 그건 누가 봐도 망가진 손잡이였다. 몸에 묻은 먼지를 대충 털어낸 후 어쩔 수 없이 집으로 돌아가기로 했다. 머릿속으로 플랜 B, C를 끊임없이 떠올려봤지만 적당한 방법은 없었다. 결국, 솔직하게 이야기하기로 했다.

집으로 돌아오니 식탁에서 노트북을 하고 있는 실비아가 보였다. 어렵게 사고 얘기를 꺼냈다. 그러자 실비아의 눈이 휘둥그레졌다. 아이고, 난 이제 죽었구나. 이제 그녀는 노트북을 조용히 덮고 내게 힘껏 던지리라. 그런데 그녀의 입에서는 뜻밖의 한마디가 흘러나왔다. "괜찮아?" 순간 가슴 깊은 곳에서부터 목구멍까지 뜨거운 무언가가 울컥하고 차올랐다. 욕먹을 각오를 하고 왔는데 실비아는 도리어 내 걱정을 했다. 나도 챙기지 않은 나 자신을 그녀가 먼저 들여다봐준 것이다. 나 자신이 괜찮고 말고는 관심조차 없었다. 자전거가 망가졌으니까. 정작 '괜찮냐'고 물어봐야 했던 건 나 자신이었는데 말이다.

그제야 몸을 살펴보니 무릎엔 피딱지가 앉아 있었고, 팔 이곳저곳엔 시퍼런 멍이 들어 있었다.

'괜찮아.' 난 늘 괜찮았다. 다른 사람에게 밉보이고 싶지 않고 피해를 주고 싶지 않았기에 '괜찮은 나'가 되는 편을 꽤나 많이 택해왔다. 하지만 정말로 괜찮았던 걸까. 내 감정엔 피딱지가 앉았고 심장 한쪽에는 푸른 멍이 번져 있는데, 정말 괜찮았던 걸까. 생각해보면 나는 내 아픔에 무뎠던 것 같다. 몸이 아파도 병원에 잘 가지 않았고 싫은 소리를 들어도 금방 웃어넘겼다. 그래서인지 남의 아픔에 무디게 행동하기도 했다. 누가 봐도 정말 아픈 일이 아니라면 다들 내가 느낀 정도의 아픔일 거라고 생각했다. 그래서 알게 모르게 섭섭하게 행동했던 것도 같다. '그깟 상처로, 그깟 일로 아프다고? 그건 엄살이야' 하고. 내 아픔을 스스로도 받아들이지 못했으니, 남의 아픔 역시 받아들이지 못했겠지.

그래서 이 글에서 가혹하단 표현을 처음 써봤다. 그랬더니 바로 이 지점이다 싶었다. 이 지점이 내 삶이 정말로 가혹한 이유였던 거구나. 그동안 내 삶은 가혹해선 안 되는, 가진 것에 만족하며 행복해야만 하는 '괜찮은' 삶이어야 했구나. 뒤돌아보면 괜찮다 얘기했던 나는 정말로 괜찮지 않았다. 괜찮다 말하던 나는 사실 아프기도, 울고 싶기도, 소리 지르고 싶기도 했다. 하지만 난 늘 괜찮은 척했다. 괜찮은 척하는 것이 정말 괜찮은 것인 줄 알았다.

실비아와 대화를 마치고 방으로 돌아와 한참을 울었다. 여행 중 처음 흘린 눈물이었다. 괜찮냐는 그 한마디가 왜 이리 가슴 아프게 다가왔을까. 정작 그 말을 해야 할 사람은 나 자신이었기에, 그게 너무 미안해서는 아니었을까.

여행 중 일어나는 수많은 사건에도 나는 울지 않았다. 나는 항상 괜찮은 사람이었다. 괜찮은 사람이어야만 했다. 그렇지 않으면 앞으로 나아갈 수 없을 줄 알았으니까. 난 스스로에게 너무 가혹했다. 슬프면 울라고, 아프면 엄살 피우라고, 그래도 된다고 했어야 했다. 아픔은 회피한다고 사라지지 않는다. 터뜨려줘야 곪지 않는다.

이윽고 크리스티앙이 일을 마치고 집으로 돌아왔다. 실비아는 크리스티앙에게 내게 사고가 있었다 얘기했고, 우리는 같이 자전거를 살펴보러 차고로 나갔다. 진짜 자전거 주인인 크리스티앙이 나타나자 심장이 쿵쾅거렸다. 아끼는 자전거라면, 소중한 추억이 담긴 자전거라면 크리스티앙의 기분은 어떨까? 크리스티앙은 천천히 자전거 가까이 다가갔다. 그는 눈으로 먼저 자전거를 훑고 자전거의 이곳저곳을 만져보기 시작했다. 이윽고 그의 시선은 스크래치가 생긴 손잡이 부분에 머물렀다. 그는 그 부분을 조심스레 만지더니 심각한 표정으로 입을 열었다. "맥주 마시러 갈까?"

우리는 밤바람을 따라 도나우강 옆길을 달렸다. 그는 내가 망가뜨린 자전거에, 나는 실비아의 자전거에 몸을 싣고. 도나우강 옆이름 모를 어느 야외 펍에서 그는 내게 맥주를 건넸다.

"맥주 맛 괜찮지?"

괜찮은 맥주와, 괜찮은 사람 크리스티앙, 그리고 꽤 괜찮은 도나우강의 푸른 야경. 정말 다 괜찮구나 싶은 밤이 깊었다.

내 장례식에서
춤을 춰주세요

죽고 싶다는 생각을 참 많이 했다. 죽음에 대해 생각하는 것을 멈출 수 없었다. 길을 건너다 차에 치이는 내 모습을, 비행기에서 추락하는 내 모습을 상상했다. 자살보단 그 편이 나을 것 같았다. 왜 죽었는지 이유를 묻진 않을 테니까.

죽음을 시도해보지는 않았다. 솔직히 말하면 죽음을 만날 용기가 없었다. 사실 내가 원한 건 끝이 아니었으니까. 그저 다시 시작하고 싶었다. 한번 살아봤으니까 다시 시작하면 더 잘할 수 있을 텐데, 그렇게 생각했던 것 같다. 그러나 죽는다고 다시 시작할 수 있을지 없을지는 아무도 모르는 일이었다. 그래서 용기가 생기지 않았다. 이대로 끝내기에는 놓치고 싶지 않은 것도 있었다. 결국 죽고 싶다는 생각에 도돌이표만 찍으며 고통스러운 삶을 견딜 뿐이었다.

울기도 많이 울었다. 혼자 걷다 눈물을 쏟아내기도 하고, 누나 품에 안겨 세상이 떠나가라 대성통곡하기도 했다. 두려웠다. 소중한 사람을 잃는 것이. 하루에도 수백 번씩 생각했다. '내가 죽으면 가족들 얼굴을 볼 수 없겠지.' '갑자기 내일 아침에 엄마, 아빠가 사라지면 어떡하지.' 가장 소중한 누군가를 잃는다고 생각하니 온몸이 서늘해졌다. 죽음은 내게 그런 존재였다. 상상만으로도 온몸이 굳어버리는, 감히 상상조차 할 수 없는.

정작 죽음을 경험해본 적은 없다. 외할아버지가 돌아가셨을 당시엔 그것이 무엇을 의미하는지 몰랐다. 외할아버지와 나 사이의 어떤 교류나 연대 같은 게 없었기 때문일 것이다. 속상했던 건 엄마의 눈에서 흐르는 눈물이었다. 엄마에겐 내가 엄마를 잃는 것과 같은 슬픔일 거라 생각하니 가슴이 무너지는 것 같았지만, 그건 수없이 해왔던 죽음을 상상하는 일과 다를 게 없었다. 그 외에는 키우던 햄스터의 죽음, 그게 내가 경험한 죽음의 전부다. 어쩌면 죽음의 얼굴을 잘 모르기에, 그래서 더 두려운지도 모른다. 영원할 것 같던 일상을 한순간에 질식시키는 그 존재를 가늠해볼 수도 없기에.

소중한 것이 생기면 가장 먼저 생기는 감정은 기쁨이 아니라 두려움이란다. 소중한 무언가가 생기면 이제 남은 건 잃을 일밖에 없기 때문이다. 지금이 충분히 행복하다면 더 얻을 것에 대한 기대는 없다. 대신 이미 얻은 것에 대한 부재가 미치도록 두려워지

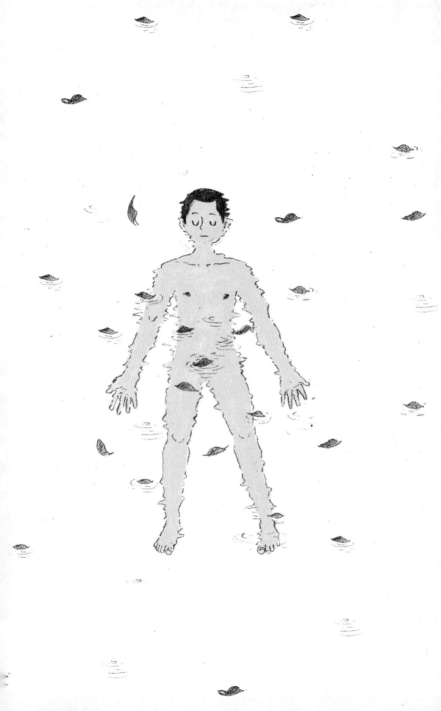

는 것이다.

돈이 많은 사람도 적은 사람도, 행복한 사람도 불행한 사람도, 나이 든 사람도 젊은 사람도 죽음이 두렵다. 내 죽음이든 남의 죽음이든 죽음은 그 자체만으로 두려움이 된다. 그것은 언제 찾아올지 모르고, 우리와 늘 함께하고 있다. 그런데 조금 이상하다. 우리와 늘 함께하는 죽음을 대하는 태도 말이다. 친구들에게 죽음에 대해 이야기하면 '불길한 소리 하지 말라'며 입을 막는다. 누군가의 죽음을 알리는 방식은 매우 우울하고 조심스러운 데다 비밀스럽기까지 하다. 상을 치른 이에게는 아무런 말도 건네지 못한다. 우리가 죽음을 대하는 태도는 이러하다. 조용하고 은밀하게, 그리고 최대한 어둡고 무겁게.

이대로 괜찮은 걸까. 무거운 문제라고 해서 덮어두거나 회피하기만 하는 게 괜찮은 일이냐는 말이다. 만약 그 대상이 내가 싫어하는 음식이나 동물이라면 덮어두거나 피하는 게 나을지도 모른다. 그런 종류의 공포나 두려움은 굳이 맞서 싸워 힘들일 필요 없으니까. 그러나 죽음이다. 죽지 않는 사람은 없다. 그것은 덮어두거나 피한다고 해서 사라지는 것이 아니다. 반드시 풀어야만 하는, 풀 수밖에 없는 중요한 숙제다.

죽음은 즐거운 일이 아니지만 그 누구도 죽음을 피할 수 없다. 나도 마찬가지다. 그래서 나는 어떻게 죽어야 할지, 죽음을 위해 무엇을 할 수 있을지 자꾸만 얘기하고 싶다. 아무것도 준비되지 않은 상태에서 오늘이라도 당장 죽으면 나는 너무 억울해서 저승으로 못 갈 것 같다. 웰빙 못지않게 웰다잉 하고 싶다. 잘 죽고 싶단 말이다. 살아서도 이렇게 후회를 많이 하는데 죽어서까지 후회하고 싶지는 않다.

그렇다면 어떻게 죽는 게 잘 죽는 것일까. 어쩌면 그 시작은 죽음을 꺼내보는 일부터가 아닐까. 죽음을 회피하고 덮어두기보다는 있는 그대로를 받아들이고 자꾸 꺼내보는 것이다. 죽음과 싸우려 하지도, 죽음을 정복하려 하지도 않고, 그저 죽음이 가진 어둠 그대로를 받아들인다. 그럼 우린 더 이상 죽음을 조용하게 이야기하지 않아도 된다. 불길함의 징조로, 슬픔만으로 받아들이지 않아도 된다. 죽음이 더 이상 막연한 공포가 아니니, 죽음을 앞둔 이도 두려움을 덜 수 있다. 다음 역이 우리 집 앞이듯 자연스레 죽음이란 역에 내릴 수 있게 된다.

종교와 예술의 태동 역시 죽음이다. '우리는 어디에서 태어났으며 어디로 가는가'와 같은 존재에 대한 의문에서 시작됐기 때문이다. 그래서 인간은 기도를 하고, 글을 쓰고, 그림을 그리고 노래를 부른다. 그럼에도 죽음의 이미지는 쉽게 사라지지 않는다. 그 색이 너무나도 짙고 어두워 그것을 지워내기란 여간 어려운 일이 아니다. 그러므로 더더욱 이를 받아들이는 노력이 필요하다. 사실 종교나 예술 따위도 죽음을 받아들이는 태도 중 하나일지도 모른다.

죽음을 추구하자는 얘기가 아니다. 그저 '따르자는' 얘기다. 지극히 자연스러운 현상에 그저 몸을 맡기자는 거다. 그래서 하는 말인데, (조금 미친 소리 같겠지만) 나는 사람들이 내 장례식에 와서 춤을 춰줬으면 좋겠다. 춤은 당연히 축하의 의미다. 내 죽음을 축하받고 싶다. 죽음을 축하한다니, 어째 좀 섬뜩한 말 같지만 충분히 가능한 얘기다. 영원히 누군가의 가슴속에 보석 같은 존재로 박힌 채 마감한 생이라면 그날은 축하받아야 마땅한 날일 테니까.

내 죽음을 기념하고 싶다. 그리고 그 방식은 아름다운 색깔로 물든 춤이었으면 좋겠다. 서로 손을 맞잡고 몸을 끌어안은 채 즐겁게 춤을 추며 나란 사람을 추억했으면 좋겠다. 춤을 추다 눈물이 쏟아질지도 모르겠다. 그래도 계속 춤을 췄으면 좋겠다. 내 영혼도 함께 춤을 추며 즐길 수 있도록 말이다.

죽음은 끝이 아닌 삶의 완성이다. 나라는 책의 마지막 페이지를 장식하는 기쁘고도 숭고한 과정이다. 길고 길었던 삶이 완성되는 자리가 슬픔과 탄식으로만 얼룩지지 않았으면 좋겠다. 내 죽음을 애도함과 동시에 진심으로 축하받고 싶다. 내가 얼마나 많은 사랑을 받고 살아온 사람인지를 확인하고 싶다.

오늘 길을 걷다 벚꽃나무를 봤다. 벚꽃은 바람에 흩날리고 있었다. 꽃이 핀 지 얼마 되지도 않은 것 같은데 가지는 벌써 앙상했다. 가지가 앙상해질수록 더 많은 벚꽃 잎이 흩날렸다. 아름다웠다. 이보다 아름다운 소멸이 또 있을까. 흩날리는 벚꽃 잎을 보니 내 죽음은 어떨까 싶었다. 내 죽음도 벚꽃처럼 아름다울 수 있을까.

찬란하게 부서져 내리는 벚꽃 잎처럼 내 삶도 아름답게 부서지길 바라기로 했다. 후회 없는 삶이었으니 그 마지막은 아름답게 부서지는 것도 나쁘지 않아. 영원한 건 사람들의 마음속에 남기면 돼. 나는 영원하지 못한 채 사라지지만 그 사실은 영원할 수 있을 것 같다. 추운 겨울에도 벚꽃을 기억하는 것처럼.

예쁜 게 좋아
예뻐야 돼, 뭐든지

당신은 사실
예쁘다

나는 예쁜 것을 좋아한다. 여기서 말하는 '예쁜 것'은 말 그대로 '외형이 깔끔하고 예쁜 것'(pretty와는 조금 다른 의미다. look nice에 가깝다)을 이야기한다. 사람은 물론이요, 디지털 기기, 책 표지 디자인, 플레이팅된 음식, 자주 찾는 식당, 새로 산 옷 등(심지어 변기까지!) 그 기능을 막론하고 무조건 예쁜 것이 좋다. 왜, 영화 「친절한 금자씨」의 금자가 이런 명대사도 남기지 않았던가.

"예쁜 게 좋아. 예뻐야 돼, 뭐든지."

그래서 난 한국에서 쓰기에 최악이라는 맥북을 쓰고, 수입 맥주 한 캔을 구매할 때도 우선적으로 디자인이 예쁜 걸 고르며, 보통은 한 번 쓰고 버리는 로드숍의 종이 봉투도 창고에 보관해둔다.

다 이것들이 '예뻐서' 하는 행동이다.

무언가를 구매할 때 디자인은 내게 최우선의 가치다. 설령 어딘 가 하나 부족해도(고장이 잦더라도) 그것이 지나치게 예쁘다면 어 느새 내 손은 구매 버튼을 누르고 있다. 속물이라 말해도 어쩔 수 없다. 예쁜 것에 끌리는 건 인간의 본능이니까. 게다가 아무리 기 능이 완벽한 물건이라 해도 디자인이 별로면 사용할 때마다 화가 나는 걸 어떡합니까. 도무지 어쩔 수가 없는 문제다.

그러나 아이러니하게도 이토록 예쁜 걸 좋아하는 나 자신은, 학 창 시절 내내 외모에 대한 콤플렉스로 똘똘 뭉쳐 있는 아이였다. '뭐든 예뻐야 돼'를 외치면서도 정작 나 자신은 그렇지 않았던 것 이다.

지하철 스크린도어에 비치는 내 모습이 보기 싫어 일부러 시선 을 흐리거나 피하는 건 다반사요, 학창 시절 내내 모자와 옷으로 얼굴과 온몸을 다 가리고 다니기도 했다. 새로 입학한 후배가 1년이 지나고서야 내 얼굴을 봤다는 일화도 있었으니, 그때 사진 을 보고 있으면 그 후배의 당황스러움이 백번 이해된다.

생각해보면 외모에 대한 강박은 초등학교 때부터 있었다. 그땐 얼굴 생김새에 대한 관심은 없었지만 남들보다 뚱뚱한 체형 때문 에 스트레스를 받았다. 뚱뚱하다는 것은 단순히 외형이 못났다는 것에서 그치지 않고 둔하고, 게으르고, 멍청하다고 여겨졌으니까. 난 둔하지도, 게으르지도, 멍청하지도 않았지만 단지 뚱뚱하다는 이유 하나만으로 그런 프레임으로부터 자유로울 수 없었다.

한번은 이런 일도 있었다. 초등학교 5학년 때 영어 말하기 대회

에 나간 적이 있다. 정말 열심히 준비해서 발표를 성공적으로 마치고 수상까지 하게 되었다. 순전히 내 노력만으로 일궈낸 결과였다. 그러나 그 기쁨도 잠시, 이튿날 내 발표를 도왔던 선생님의 말에 난 엄청난 충격을 받았다.

"어제 정말 잘했어. 다른 선생님도 저기 가운데 뚱뚱한 애 잘한다고 칭찬하더라."

뚱뚱한 애, 뚱뚱한 애, 뚱뚱한 애…… 내 귀엔 '뚱뚱한 애'만 맴돌았다. 그러면서 그 선생님은 내 머리를 쓰다듬어줬는데 그대로 손목을 잡아 뒤로 꺾어버리고 싶은 심정이었다. 아니, 이 인간은 이게 칭찬이라고 생각하는 거야?

화가 나고 속상했다. 나는 나일 뿐인데, 왜 '뚱뚱한 애'가 됐을까. 그저 성공적으로 발표를 마친 것뿐인데 왜 '뚱뚱한데, 발표 잘하는 애'가 되어야만 하는 걸까. 내가 뚱뚱하든 날씬하든, 남자든 여자든, 나이가 많든 적든, 난 그저 '나'로서 열심히 준비해서 발표한 것뿐인데.

설령 발표하는 아이들 중 나를 구별하기 위해 '뚱뚱한 애'란 단어를 선택했다 치더라도 그건 잘못됐다. 뚱뚱하다는 말이 얼마나 많은 부정적인 의미를 내포하고 있는지 알면서 열두 살 아이를 구별하는 표현으로 '뚱뚱하다'를 선택하느냐 말이다. 파란 티셔츠를 입은 남자아이, 가운데에 선 목소리가 큰 아이, 주인공을 맡은 아이. 나를 구분할 수 있는 표현은 무궁무진했다. 굳이 나를 '뚱뚱한 애'라고 한 것은 "뚱뚱하지만 발표를 잘하네"와 같은 (부정적인) 말을 하고 싶었기 때문이 아닐까.

어린아이에게도 이런 식으로 외모에 대한 잣대를 들이대니 외모에 대한 강박이 생기지 않을 수가 없었다. 세상이 만들어낸 미의 기준과 정상의 기준, '나'로 살아가기 위해서는 어떻게 해서든 거기에 끼워맞춰야만 했다.

강박은 고등학교 때 절정을 찍었다. 내가 다닌 학교는 한국애니메이션 고등학교로, 스물다섯 명의 학생들과 3년 내내 같은 반에서 생활해야 하는 곳이었다. 스물다섯 명 중에 세 명만이 남자였는데, 불행하게도 내가 그중 하나였다. 왜 불행했느냐 하면 남자는 나를 제외하곤 두 명뿐이니 그 애들을 '스테레오타입'으로 여길 수밖에 없었기 때문이다. 그중 한 명은 정말 누가 봐도 특이한 친구여서 자연스럽게 제외되었지만, 나머지 한 친구가 나를 강박의 상자 속에 가뒀다. '대한민국 남자라면 이래야만 한다'는 기준점이 그 친구가 되어버린 것이다. 3년 내내 같은 반인 데다 심지어 기숙사까지 같이 썼으니, 아주 사소한 것에서부터 그와 나를 비교하지 않을래야 않을 수가 없었다.

그와 완전히 반대되는 성향이었던 나는 그와 다른 나 자신을 '다른 것'이 아닌 '틀린 것'으로 받아들였다. 내가 갖지 못한 그의 것을 시기하고 질투했으며, 영원히 갖지 못할 거란 생각에 스스로를 학대하고 구석으로 내몰았다. 그러면서 난 나를 버리기 시작했다. 그가 좋아하는 것을 좋아하려 했고, 그가 하는 말을 따라 했으며, 그가 원하는 것을 이루려 했다. 거기에 나는 없었다. 상자 속에 갇혀 꺼내달라 애원하는 내 모습이 보였지만 애써 시선을 피했다. 난 그가 되어야만 했다. 그럼 행복할 줄 알았다.

이윽고 나는 내 외적인 부분까지 버리기 시작했다. 모자를 눌러 쓰고 두꺼운 옷의 지퍼를 턱 끝까지 올려 얼굴과 몸을 가렸다. 남들이 내 얼굴을 보는 게 너무 창피하고 싫고 못 견디게 괴로웠다. 간혹 들려오는 그와 나를 비교하는 말들은 날카로운 비수가 되어 심장 한가운데를 찔렀다. 그럴수록 나는 점점 더 자신을 꽁꽁 싸매고 감췄다.

그대로 둘 수는 없었다. 언제까지고 그의 그림자처럼 살 수는 없는 노릇이지 않은가. 하루빨리 그 고통에서 벗어나고 싶었다. 그래서 내가 선택한 방법은, 그를 멀리하는 것이었다.

그 친구는 어느 시점부터 자신에게 거리를 두는 나를 의아하게 여겼을 것이다. 그 점은 미안하게 생각한다. 그러나 나는 상자에 갇혀 질식하는 나를 구해야만 했다. 그가 아닌 나 자신으로 살아야 했다. 내가 좋아하는 것을 하고, 내가 하고 싶은 말을 하며, 내가 원하는 것을 해내고 싶었다.

아끼는 친구였기에 그를 멀리하는 과정은 적잖이 고통스러웠다. 그러나 동시에 깊은 물속에 잠겨 있던 내가 수면 위로 올라와 숨을 쉴 수 있게 됐음을 느꼈다. 그에게서 해방된 것이다. 얼마나 오랜 시간을 숨 막히게 살아왔던가.

그때부터 나를 사랑하는 법을 터득하기 시작했다. 그간 강박 때문에 하지 못했던 리스트를 하나씩 지워나갔다. 그중 하나는 연기를 시작하게 된 것이다. 편견 때문에 선뜻 도전하지 못했었지만, 나를 찾고 과감하게 나를 던져보았다. 자신감이 생긴 것이다.

여전히 내가 불완전하고 부족한 점이 많은 인간이라는 생각은 고등학교 때와 별반 다르지 않다. 하지만 분명 달라진 건 있다. 그때의 난 불완전한 나를 질식시켰지만, 지금은 불완전한 나를 사랑하고 있다. 나는 나를 사랑한다. 부족한 점은 여전히 많지만, 부족했기에 나 자신을 더 잘 알 수 있었다. 그래서 나는 내가 너무 좋다.

이제는 뚱뚱하다는 말을 들어도 허허 웃어넘길 수 있을 것 같다. 그깟 의미 없는 단어로 상처받고 무너지지 않을 걸 알기에, 나 스스로의 가치를 그 누구보다도 잘 알고 있기에 웃어넘길 수 있게 된 것이다.

나는 여전히 콤플렉스투성이다. 크지 않은 키와 뚱뚱한 하체가 불만이고, 굽은 어깨와 허리는 늘 나를 위축시키는 것 같다. 그럼에도 나는 나를 사랑한다. 어찌 됐든 못난 면도 나 자신이니까. 화려하진 않아도 나는 내 얼굴이 좋다. 키는 크지 않아도 맑은 내 눈동자가 좋고, 하체는 뚱뚱해도 깨끗한 내 피부가 좋다. 섹시한 근육은 없지만 도톰한 입술은 어쩐지 섹시한 것 같기도 하고, 어깨와 허리는 굽었어도 내 미소는 누구보다도 올곧다. 무엇보다 이모든 것이 나여서 참 좋다.

예쁜 게 좋다는 생각에는 변함이 없다. '아, 난 예쁘지 않은데' 하며 상실감을 느끼는 사람도 있을 것이다. 예쁜 게 좋다는 건 누구나 잘 알고 있을 테니까.

그러나 당신이 간과하고 있는 점이 하나 있다. 그건 바로, 당신은 사실 예쁘다는 것이다. 당신은 존재 자체만으로 충분히 예쁘고 아름답다. 당신을 못생기게 만드는 것, 그건 병든 마음이다. 상자

속에 갇혀, 심해 속에 잠겨 질식하고 있는 당신을 이제는 꺼내줘
야 한다.

　　당신을 괴롭히는 그 기준들은 나를 위한 것이 아닌, 어쩌면 철
저하게 남을 위한 것이 아닐까. 상자 속에 갇힌 아름다운 그대가
불쌍하다. 그러니 이제 인정하자. 당신은 당신이어서 아름답다.
당신은 사실 예쁘다.

난 나빠, 그러나 그게
나쁜 건 아니야

혹시 「주먹왕 랄프」라는 애니메이션을 아시나요? 「주먹왕 랄프」는 몇 안 되는 제 '인생 영화' 중 하나예요. 저는 가끔 영화를 볼 때 숨도 못 쉴 정도의 무언가가 가슴 한가운데를 '쿡' 하고 관통할 때가 있는데, 이게 제 인생 영화를 결정하는 가장 중요한 요소랍니다. 물론 「주먹왕 랄프」에도 그런 장면이 있었죠! 혹 영화를 보실 분들을 위해 장면 설명은 생략하고 대사만 인용할게요.

"I'm bad, and that's good. I will never be good, and that's not bad."

난 나빠. 하지만 괜찮아. 절대 착해질 수는 없겠지만 그게

나쁜 건 아니야.

이 대사를 듣는 순간, 숨도 못 쉴 정도로 벅찬 무언가가 가슴 한 가운데를 관통했어요. 완전 저한테 하는 얘기 같았거든요.

우리가 흔히 아는 유명한 악역에 누가 있을까요? 신데렐라의 계모와 언니들, 다크 나이트의 조커, 슈퍼마리오의 쿠퍼, 라이언 킹의 스카 정도가 떠오르네요.

랄프도 '다 고쳐 펠릭스'라는 게임 속 악역입니다. 주인공은 물론 '펠릭스'죠. 랄프가 빌딩 유리창을 깨부수면 정의의 용사 펠릭스가 나타나서 부서진 창문을 전부 수리하는 게임인데, 랄프가 유리창을 깨부수는 이유는 딱히 없어요. 뭐, 굳이 따지자면 랄프는 악역이니까?

이 작품은 거기서부터 시작합니다. 랄프는 왜 창문을 부숴야만 할까? 악역이라서? 그렇다면 왜 랄프는 악역이 된 걸까? 랄프도 펠릭스처럼 창문을 고쳐서 사람들에게 사랑받고 싶지는 않을까? 영화는 악역이 가진 선함, 그리고 사랑받고 싶어하는 욕망을 조명합니다. 그럼으로써 사실 악역도 주인공과 똑같은 사람이었음을 깨닫게 해요. 주목받고, 사랑받고 싶은, 그저 우리와 똑같은 사람 말이에요. 결국 「주먹왕 랄프」를 만든 리치 무어 감독은 랄프를 통해 이런 말을 하고 싶었던 것 같아요. 우리에겐 잘못이 없다, 어떤 모습으로 태어났더라도, 심지어 그 모습이 악역이더라도, 그게 나쁜 건 아니니까.

저 대사를 듣는 순간 심장이 쿵 내려앉을 수밖에 없었어요. 여태껏 저의 부족한 혹은 나쁜 모습을 나쁜 것이라고 여겼거든요. 그렇지 않다고, 내겐 아무 잘못이 없다고 얘기해주는 것 같아 저도 모르게 눈물이 주룩 흘렀던 것도 같아요.

세상이 되게 불완전하다는 말을 참 많이들 하죠. 세상도, 사람도, 사실 그게 너무 당연한 건데, 가끔 우린 필요 이상으로 완벽함을 쫓고 있진 않나 싶어요.

제가 몇 년 전에 오스트리아 그문덴에 갔을 때 일이에요. 그문덴은 굉장히 큰 호수를 끼고 있는 아름다운 마을인데, 그 아름다움에 걸맞게 호수 위로 예쁜 흰 백조들이 점점이 떠다니더라고요. 감탄을 금치 못하며 호수 근처를 돌아다녔어요. 그러다 꽤나 충격적인 장면을 봤는데, 백조 몇 마리가 호수에 얼굴을 처박은 채 엉덩이만 내놓고 있었어요. 처음엔 제가 보고 있는 게 뭔지조차 몰랐어요. 흰 비닐봉지인가? 스티로폼인가? 그런데 시간이 지나자 그 흰 덩어리가 뒤집히면서 백조 얼굴이 수면 위로 빼꼼 드러나는 것 아니겠어요? 우아함의 상징이라 생각해왔던 백조가 물속에 얼굴을 처박은 채 엉덩이만 드러낸 꼴이라니. 정말 어이가 없어 한참을 웃었습니다. 그러다 문득 이런 생각이 들더군요.

'사실 백조는 우아하길 바라지 않았을 수도 있어.'

백조에게 우아함이나 아름다움을 기대했던 건 사실 저였다는 생각을 한 거죠. 백조가 우아함 따위에 관심이나 있었겠어요? 그렇다면 제 앞에서 몸 뒤집고 엉덩일 보여줄 리가 없죠. 아름답길 기대했던 것도, 그렇지 못해 실망했던 것도 백조가 아닌 나였구나, 싶더라고요.

가만 보면 우린 자신에게도 완벽한 잣대를 들이대는 것 같아요. 부족한 내 모습을 도저히 참지 못하는 거죠. 이색적이었던 백조의 그 행동은 그간 발견하지 못했던 백조의 진짜 모습이었는지 모릅니다. 아니, 진짜 가짜 모습이 어디 있겠어요. 우리가 백조에게 완벽한 우아함을 기대했던 것뿐이죠.

백조만이 아니라 제 인스타그램만 봐도 잘 나온, 잘 먹는, 잘 사는 사진뿐이에요. 제 인생에서 가장 '괜찮은 부분'만 오려낸 콜라주인 거죠. 그 속의 제 모습이 제가 아닌 건 아녜요. 다만, 부족하고 나쁜 부분은 완벽하게 제거한, 비유하자면 a컷만 모아 놓은 화보집이랄까. b컷, c컷도 분명 제 모습이지만 마치 내 인생엔 a컷만 있는 것마냥 완벽하게 장식해놓는 겁니다.

결국 나는 부족한 모습까지 전부 포함해야 비로소 진짜 나라고 생각해요. 물론 싫을 수도 있어요. 저는 삐져나온 제 옆구리 살이나 심하게 낯을 가리는 성격, 땀이 줄줄 흐르는 다한증을 가진 손발이 너무너무 싫어요. 그러나 어쩌겠어요. 그것도 제 모습인걸요.

어차피 내가 완벽하지 않다는 거, 너무 잘 알면서도 우린 계속해서 스스로가 완벽하길 기대합니다. 그러나 적어도 한 명은 진짜 사실을 알고 있잖아요? 나 자신이요. 나는 내가 완벽하지 않다는 것을 너무나도 잘 알아요. 그리고 그것은 영원히 바꿀 수 없을지도 몰라요. 랄프의 대사처럼요.

바꿀 수 없다면? 사랑해야죠. 사랑한다는 것, 그것만이 혐오를 이길 수 있는 힘이라고 생각하거든요. 애인만 콩깍지 쓰고 바라보지 말고 자신을 볼 때도 콩깍지 좀 써주자는 겁니다. 부족한 면도,

나쁜 면도, 사랑을 하면 사랑하니까 괜찮잖아요.

그래서 말이죠, 우리 모두 랄프의 대사를 한 번씩은 읊어볼 필요가 있다고 생각해요.

"I'm bad, and that's good. I will never be good, and that's not bad."

bad에는 '나쁘다' 외에도 '부족하다' '서툴다'라는 의미도 담겨 있다고 해요. 그렇다면 랄프의 대사를 이렇게 해석할 수도 있을 거예요. "나는 부족한 사람이야. 그래도 괜찮아. 절대 완벽해질 수는 없겠지만, 그게 나쁜 건 아니니까."

부족한 건 나쁜 게 아녜요. 우린 모두 서툴고 부족한 사람들이 잖아요. 그러니까 조금 더 솔직해지고, 조금 더 당당해져도 괜찮아요. SNS를 보고 있자면 나 빼고 새삼 다 행복하고 완벽해 보이죠? 그 사람들이라고 부족한 면이 없겠어요? 하다못해 궁둥이에 엄청 큰 점이라도 있을 거라고요.

나로 사는 건 어렵지 않아요. 보여주고 싶은 면만 보여주면서 솔직한 감정을 숨긴 채 살면 사람들은 그게 진짜 내 모습인 줄 아니까요. 하지만 있는 그대로의 나로 사는 건 조금 어려운 것 같아요. 남들이 나를 어떻게 볼까, 어떤 불이익이 생길까 두렵잖아요.

그럼에도 결국 나는 나예요. 남들이 어떻게 보든 어때요. 이게 진짜 내 모습인걸요. 그러니 조금은 예쁘게 봐줄 수 있지 않을까요? 왜, "자세히 보아야 예쁘다. 너도 그렇다"라는 나태주 시인의

「풀꽃」이라는 시도 있잖아요. 나의 부족한 면, 나쁜 면도 자세히 보다보면 어딘가 귀여운 구석이 분명 있을 거예요. 아마 그런 게 사랑 아닐까요?

나이답게 말고,
나답게

시간이 참 빠르다. 시간이 흐르는 속도가 나이와 비례한다고들 하는데, 해를 거듭할수록 느껴지는 속도감으로 봐서는 결코 틀린 얘기가 아닌 것 같다. 나이를 먹을수록 시간이 빨라진다.

이렇게까지 시간이 빠르게 흘러버리면 나이 생각을 안 할 수가 없다. 시간이 빨리 흐른다는 건 빠르게 나이 든다는 것을 의미하니까. 소녀시대는 벌써 서른을 앞두고 있단다. 맙소사. 어리다고 놀리지 말라던 소녀시대가, 영원한 10대일 것만 같던 내가 벌써 20대 후반이라니, 말도 안 돼. 기대보다 걱정이 앞서는 이유는 앞으로의 삶도 나도 모르는 새 20대의 막바지에 서 있는 지금의 심정과 별반 다르지 않을 것 같기 때문이다.

'나, 해놓은 게 아무것도 없는데?'

대놓고 얘기하진 않지만 사실 사람들은 '나이 매뉴얼' 같은 것을 숙지하며 살아가고 있는 것 같다. 나이에 맞춰 해야 할 혹은 하지 말아야 할 생각이나 행동 양식을 정리해놓은 매뉴얼 말이다. 10대 때는 얌전하고 성실하게, 무엇보다 '학생답게' 행동할 것, 20대 때는 대학에 가고 취업을 준비하고 끊임없이 부딪히며 열정적으로 살아갈 것, 30대 때는 결혼도 하고 집도 사야 하니 직장에서 자리 잡고 열심히 돈 벌면서 살 것. 매뉴얼이 이 모양이니 내 미래에 기대보단 걱정이 앞서는 것이 당연할 수밖에.

이 매뉴얼의 쟁점은 '나잇값'에 있다. 왜, 20대처럼 사는 60대나 30대처럼 사는 10대를 보면 '나잇값 못 한다'고 하지 않는가. 당최 나잇값이 뭐란 말인가. 왜 10대는 10대답게, 20대는 20대답게 살아야만 하는 건데.

'나잇값'이라는 게 있기는 한 걸까? 같은 1년을 살아도 살아온 환경과 쌓아온 경험 자체가 다른데 단순히 축적된 연수로만 '값'을 매긴다는 게 좀 웃긴 것 같다. 20대답게 말고 그냥 나답게 살 수 있는 방법은 없을까.

나이를 둘러싼 프레임이 불편하다. 성장해서 늙어 죽는다는 것은 모든 인간이 지닌 공통점이니, 이 사이에 '흐른 시간을 측정할 수 있는 개념을 만들자' 해서 만든 것이 나이가 아닐까 추측해본다.

그런데 이 나이라는 게 단순히 성장의 의미로만 쓰이질 않는다.

'나이 한 살'이 던지는 의미를 생각해보자. 사람들은 매년 새해 나 생일이 되면 무탈하게 한 해를 보냈음을 축하하는 동시에 한 살 더 먹었다는 사실에 우울해한다. 나이 든 복학생의 이미지를 수도 없이 개그 소재로 사용하는가 하면, 화장품 광고에서는 대놓고 안티에이징을 내세우며 나이를 혐오한다. 축축 처지는 피부와 이티처럼 툭 튀어나온 뱃살, 날이 갈수록 하얗게 새는 머리카락과 기미와 주근깨. '나이 먹는다는 것'에 대해 우리가 품고 있는 이미지들이다. 좋은 점이라 해봐야 남들보다 오래 살아 얻게 된 지혜 정도려나. 좋은 점이라고 여겨지는 게 이것뿐이다보니 영화나 소설에 등장하는 '지혜로운 노인'은 닳고 닳은 클리셰가 되어버렸다. 사람들은 나이에 수도 없이 많은 부정적인 프레임을 씌우면서 동시에 지혜롭기까지 바란다.

나이 들수록 주름이 생기고 머리카락이 하얗게 새는 것은 사실이다. 그러나 이는 자연스러운 현상이다. 60, 70대가 되어서도 탱탱한 피부에 풍성한 머리칼을 지녔다면 오히려 그게 더 어색하지 않은가. 문제는 사람들이 이 당연한 현상에 부정적인 말들을 던진다는 것이다. 마치 나이 먹는 것이 커다란 우울 덩어리라도 된다는 듯이.

나이 먹어서 좋은 것들을 생각해보자. 나이를 먹으면 그만큼 경험이 쌓여 삶에 노하우가 생긴다. 잦았던 실수도 눈에 띄게 줄어든다. 사건 사고에 의연하게 대처할 수 있게 되며 무엇보다 20대처럼 미래를 걱정하며 불안해하는 일이 줄어든다.

「꽃보다 누나」라는 예능 프로그램에 나오는 배우 윤여정 선생님 인터뷰가 생각난다. "만약 젊은 시절로 돌아갈 수 있다면 돌아가시겠어요?"라는 질문에 그녀는 '다시 돌아가고 싶지 않다'고 대답했다. 젊을 때로 다시 돌아가 그 격동의 불안한 시절을 또 한 번 겪고 싶지 않다는 것이었다. 누구나 젊음을 꿈꿀 거라는 생각에 보기 좋게 카운터펀치를 날린 그녀가 후회 없이 나이를 먹은 듯해 부러웠다.

이런 시각에서 나이를 바라본다면 하얗게 새어버린 머리카락도, 얼굴 곳곳에 패인 주름도 어쩐지 그 사람만의 역사처럼 느껴져 아름다워 보인다. 시간의 흐름에 따라 끊임없이 쓸리고 깎여 완성된 장엄한 암벽 같다고 할까. 저마다의 시간이 고유한 문신이 되어 얼굴에 새겨지는 것, 이 얼마나 숭고하고 멋진 일인가.

나 역시 나이 먹는 것이 그리 싫지 않다. 10대 때는 빨리 나이 먹고 싶다는 게 치기 어린 생각인 줄 알았는데, 20대 중반을 지난 지금도 여전히 나이 먹는 게 싫지 않는 걸로 봐서 아무래도 나는 나이 먹는 걸 즐기는 것 같다. 나이 먹는다는 건 성장을 의미하고, 성장은 더 나은 내가 되는 일이니까. 그 변화가 미비할지라도 전과 같이 삶이란 미로를 심하게 헤매지 않아도 된다는 사실이 마음에 평화를 부른다.

물론 가끔은 '나이 매뉴얼'에 맞지 않는 내 모습에 초조함을 느끼기도 한다. 그러나 지금도 시간은 흐르고 나는 나이를 먹고 있다. 그러니 딱 한 가지 중요한 사실만은 잊어먹지 않으려 한다. 중요한 건 나이가 아닌 나라는 사실이다.

영화 「창문을 넘어 도망친 100세 노인」에는 그동안 수많은 영화가 답습해온 노인의 뻔한 이미지를 깨부순 100살 먹은 할아버지 캐릭터 '알란'이 등장한다. 영화 「우리들」은 어른들이 더욱 깊게 공감할 만한 '관계'에 대한 이야기를 초등학생을 통해 그려낸다. 두 영화의 공통점은 주인공의 나이와 어울리지 않는 이야기를 한다는 것인데, 다시 말해 둘 다 나잇값 못 하는 영화다. 그러나 관객을 아우르며 결국에는 공감을 이끌어내는 이유는 두 영화 모두 나이와는 상관없이 가장 '자기다운 이야기'를 하고 있기 때문이다. 결국 중요한 건 나이가 아니라, '나'라는 얘기다.

나잇값 못 하는 영화, 소설, 친구들이 더 많이 생겼으면 좋겠다. 70대의 뜨거운 사랑을 담은 로맨스 영화가, 아무 생각 없이 즐길 수 있는 50대를 위한 소설이, 삶과 죽음을 논하는 10대 친구가 생겼으면 좋겠다. 아마도 그것이 가장 그들다운 이야기일 테니까. 그들다운 이야기를 통해 나 역시 나다운 이야기를 시작할 수 있을 테니까.

2부

계속
꿈꾸고 싶을 뿐

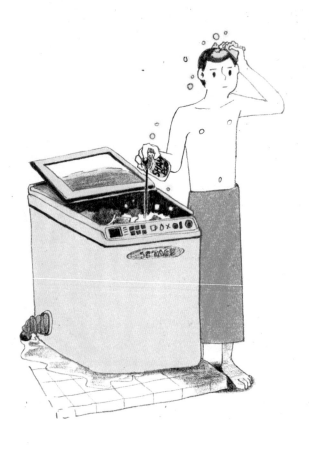

인생은
퍼즐 맞추기

'세제를 도대체 얼마나 넣어야 되는 거야?'

21세기 현대인들은 대부분 손빨래가 아닌 세탁기 빨래를 하지만, 무식하게 커다란 이 기계가 저 안에서 얼마나 성실하게 빨래를 하는지 알 방법이 없다. 그래서일까, 세제와 섬유유연제를 얼마나 넣어야 할지 도무지 감이 잡히지 않는다. 세탁기와 세제회사에서 친절하게 매뉴얼을 제공하고는 있지만 여간 의심스러운 게 아니다. 빨래는 산더미인데 세제는 코딱지만큼 넣으라고 하니 과연 이 정도로 잘해낼 수 있을까 싶다. 그래서인지 늘 적당량보다 많은 세제를 부어버린다. 조금이라도 더 깨끗하게 빨래가 될까 싶어서.

여행 중 이런 고민은 배부른 생각이 된다. 세탁기는커녕 세제도 없는 경우가 허다하기 때문이다. 빨래방은 좋은 해결책이 아니다. 실제로 치앙마이와 방비엥 빨래방에 세탁물을 맡겼다가 양말 한 짝과 팬티 하나가 사라졌던 일이 있다. 치앙마이의 할머니와 라오스의 청년이 내 양말과 속옷을 걸치고 거리를 활보하고 다니는지도 모르겠다.

그래서 여행에서 내가 선택한 방법은 세제 대신 샴푸를 이용한 손빨래였다. 세탁기도 못 믿는 주제에 어찌 샴푸로 빨래를 할 생각을 다 했을까 싶겠지만, 같이 간 친구의 "샴푸로 빨래해도 괜찮대"란 말이 결정적이었다.

결론적으로 샴푸는 꽤 훌륭한 세제였다. 일단 휴대하기 편했다. 어차피 머리를 감으려고 챙겨온 것이었기에 따로 챙길 필요가 없었다. 더불어 빨래와 샤워를 한번에 해결할 수 있으니 시간 절약에도 제격이었다. 스트레스 해소에도 도움이 됐다. 샤워기 물을 틀어놓은 채 바닥에 던져놓은 빨래를 신나는 스텝으로 밟으면 샤워장은 클럽을 방불케 하는 열기로 후끈해졌다. 빨래하는 과정을 직접 볼 수 있다는 것 또한 큰 장점이었다. 솔직히 말해 세탁기 안에서 무슨 일이 벌어지고 있는지는 아무도 모르는 일이지 않은가. 아무튼 샴푸로 빨래를 하는 건 여러모로 괜찮은 선택이었다.

그러나 여행을 마치고 돌아온 뒤에 다시 같은 딜레마에 빠지고 말았다.

'도대체 세제를 얼마나 넣어야 하는 거야!'

샴푸로 빨래를 하던 여행이 그리워졌다. 그럼 다시 샴푸를 사용하라고 말하는 사람이 분명 있겠지. 그렇다고 다시 샴푸로 빨래를 하기엔, 세제라는 제 역할을 하는 친구가 있지 않은가. 그 친구를 외롭게 하고 싶지 않았다. 세제가 있는데 굳이 왜 샴푸를 이용하겠는가.

그러다 최근에 다시 샴푸로 빨래를 하기 시작했다.

운동을 마치고 나면 온몸이 땀으로 흠뻑 젖는데, 이때 젖은 옷을 빨래망에 집어넣었다간 곰팡이 실험실을 열게 될 것만 같았다. 그래서 샤워하는 김에 빨래도 같이 하기로 한 것이다. 여행 다닐 때 그랬던 것처럼.

빨래하며 샤워를 하면 (당연하게도) 시간이 더 오래 걸린다. 그 대신 일상에 치여 하지 못했던 여러 생각을 할 수 있게 된다. 따뜻한 물을 온몸으로 맞으며 빨래를 하고 있자니 샴푸로 빨래를 한다는 행위의 출처에 대해 생각하게 되었고, 여행의 기억까지 거슬러 오르게 되었다.

샴푸로 빨래하기는 친구의 "괜찮다"는 한마디에서 시작되었다. 결국 샴푸의 세탁 효과와는 상관없이 친구의 말에 대한 믿음에서 시작된 셈이다. 오호, 그렇게 생각하니 샴푸로 빨래를 한다는 것은 결국 믿음의 문제였다.

샴푸뿐만이 아니다. 바디워시나 폼 클렌저, 스킨, 로션 따위를 쓰는 것도 결국 피부에 발라도 괜찮다는 광고에 대한 믿음 때문이다. 바디워시를 머리 감는 데 써서 문제 될 게 뭐 있겠는가. 그러나 바디워시로 머리를 감으면 굉장히 찝찝하다. 바디워시는 몸, 샴푸는 머리. 그런 약속이 당연시되어 있기 때문이다.

인생이 그런 약속의 연속이란 생각을 한다. 셰익스피어는 인생을 연극에 자주 비유했는데, 연극이란 약속의 예술이기 때문이다. 대사를 칠 타이밍이나, 암막이 내려와야 하고 조명이 바뀌어야 할 타이밍, 그 모든 게 약속이다. 어떤 극단은 눈동자가 움직이는 타이밍까지 약속하기도 한다. 그중 하나만 깨져도 공연을 망칠 수 있다. 샴푸로 빨래를 하는 것쯤이야 하고 약속을 어기는 것과는 차원이 다른 일이다. 물론 그런 약속 또한 지키지 않으면 심각한 결과를 낳을 수 있다. 치약으로 세수를 하거나 무좀약으로 양치를 해버린다면 꽤 괴로울 테니까.

인생도 마찬가지로—샴푸와 치약 따위가 그러하듯이—모든 게 약속으로 이루어져 있다. 그리고 당연한 얘기지만 약속은 믿음으로 성립된다. 결국 인생이란, 믿음으로 이루어진 약속의 퍼즐 조각을 맞추며 살아가는 것이다.

물론 나는 샴푸로 빨래를 했으니 약속을 깨뜨린 것이나 마찬가지이지만, 이 정도 약속은 지키지 않는 것이 냄새 나는 옷 입고 여행하는 것보다는 낫지 않으려나 생각해본다. 그나저나 지금도 세탁기에 세제를 얼마나 넣어야 하는지 모르겠다.

무대에
선다는 것

많은 사람이 무대 위에 서는 느낌이 마냥 화려할 것이라 생각하지만 그러나 실상은 그렇지 않다. 무대 위에 서면 보이는 건 암흑 뿐이다. 깊이를 가늠할 수 없는 깊고 무거운 암흑. 그런 암흑이 객석 뒤 어디까지고 뻗쳐 있다. 정신이 나가서 눈앞이 깜깜해진 건 아니다. 지나친 무대공포증이 낳은 환각도 아니다. 조명 때문에 눈이 부셔서 그렇다. 배우의 얼굴을 비추는 조명 말이다. 그러니까 실링 라이트무대 앞 천장에 부착하는 조명으로 무대 전반 조명 역할을 한다라든지 팔로 라이트배우의 동선을 따라다니는 조명으로 주로 배우의 얼굴을 비춰준다 같은 조명 때문에 눈이 부셔 객석이 까맣게 보인다.

처음 무대에 섰을 땐 무서우리만치 컴컴한 객석의 어둠이 블랙

아웃처럼 느껴졌다. '내가 긴장을 많이 하긴 했구나. 눈앞이 캄캄한 걸 보면' 하고 생각했다. 그 어둠의 커튼 뒤에 수많은 얼굴이 숨어 있다 생각하니 공포는 더욱더 가중됐다. 마치 「트루먼쇼」의 트루먼이 전 세계 사람들이 자신을 지켜보고 있음을 알아차렸던 순간처럼. 그러나 (변태같이 들릴지 모르겠지만) 거기엔 묘한 스릴이 있었다. 정체를 알 수 없는 사람들이 나를 지켜보고 있다는 느낌. 그 느낌이 썩 나쁘지 않았다. 벌거벗겨진 내 모습을 온 세상에 노출시킨 기분이랄까. 그러니까, '일탈' 비슷한 걸 경험한 것이다. 세상의 주인공이 된 기분? 완전한 자유를 얻은 기분? 월요일인 줄 알고 일찍 일어났는데 알고 보니 일요일일 때 기분? 일주일 묵은 변이 나온 기분? 다이어트 중에 치킨 시킨 기분? 시험 하루 전날 소주 다섯 병 들이켠 기분? 아, 그래. 이 모두를 함축하는 괜찮은 단어가 하나 있었지. 카타르시스.

카타르시스. 정화 혹은 배설을 뜻하는 그리스어다. 희랍 비극에서 유래된 용어로, 비극이 일어난 후 해소되는 상황에서 사용했으나 요즘에는 비극적 상황보다는 극도의 쾌락 상태를 이야기할 때 더 많이 사용되는 듯하다. 무대 위에 서는 일은 내가 여태껏 겪어본 카타르시스와는 다른, 새로운 종류의 카타르시스였다. 뭐랄까, 모든 것이 사라진다고 해야 할까. 오래 묵혀 있던 변이 한순간에 터지며 머릿속이 아득해지는 느낌과 굉장히 흡사한데, 다른 점이 있다면 사람들이 박수를 쳐준다는 것이다. 똥 눴다고 박수 쳐주는 사람은 없지 않은가. 하지만 무대에선 박수를 받을 수 있다.

배우들은 종종 무대를 마약에 비유하곤 하는데, 무대는 정말 마

약 같다. 합법적인 마약. 공연을 마치고 무대 위에서 수많은 사람의 박수를 받으면 소름이 척추부터 목덜미까지 타고 올라오며 엄청난 카타르시스가 일어난다. 머릿속에 있던 잡다한 생각들은 한순간에 사라지고 오로지 지금 이 상황만을 '만끽하게' 되는 것이다. 공연이 끝나고도 그 느낌이 그리워 또다시 무대에 오르게 된다.

무대 위에 서면 나는 다른 사람이 된다. 좀더 정확하게는 다른 사람이 되어도 괜찮을 것 같은 느낌을 받는다. 내가 그 어떤 미친 짓을 한다 해도 무대이기 때문에 용서가 될 것 같다. 무대는 정말 신기한 곳이다. 따지자면 관객과 무대, 두 곳으로 나뉜 공간일 뿐인데 완전히 다른 공기를 만들어낸다. 그 공기를 들이마신 나는 (거의 완전히) 나 자신이 사라지는 마법 같은 순간을 경험한다. 한마디로 환상이다. 그 누구도 신경 쓰지 않게 되는, 다른 사람이 되어버리는 환상.

동시에 무대는 배우와 관객이 함께 만드는 환상이다. 무대 위 이야기는 배우들의 연기만으로 완성되지 않는다. 관객들이 봐주는 순간, 그들의 상상력이 함께하는 순간 완성된다. 무대는 영화 속의 CG처럼 완벽한 환상을 구현해내기 어렵다. 해리포터의 님부스2000처럼 진짜 하늘을 날진 못해도, 와이어에 매달린 채 빗자루를 타고 있으면 그건 '진짜 날아다니는' 장면이 된다. 사과를 들고 '이것은 오렌지입니다'라고 말하면 정말 오렌지가 되기도 한다. 관객의 상상력으로 장면을 완성하게 되는 것이다. 그 어떤 관객도 공연 도중 손을 들고 "어머, 저게 오렌지래. 미쳤나봐"라고 하거나 "애쓰시네요, 와이어 다 보이거든요"라고 하지 않는다(어린이 공연은 예외가 있을 수도 있다. 아는 배우는 왕자 역할을 맡았다가 어떤 아이가 "왕자 못생겼어!"라고 소리를 지르는 바람에 매우 당황한 적이 있다고 한다. 슬프지만 세상엔 환상으로 덮을 수 없는 것도 있다). 관객들은 환상을 보고 싶어 극장을 찾는다. 그래서 적극적으로 무대 위의 이야기에 자신의 상상력을 더한다. 관객이 참여함으로써 완성되는 예술, 너무 매력적이지 않은가.

내가 처음으로 경험한 카타르시스는 2009년, 내 인생 첫 공연 커튼콜 때다. 당시 나는 열아홉 살로, 청소년 극단에서 올리는 창작 뮤지컬의 주인공을 맡았었다. 난생처음 해보는 뮤지컬인데 주인공까지 맡았으니 부담감이 엄청날 수밖에 없었다. 더군다나 그간 그림만 그리다 '이제부터 뮤지컬을 하겠다'고 가족과 지인들에게 선포한 뒤였기에 두 어깨가 더 무거웠다. 이 공연이 내 가능성을 결정할 것 같았다.

대본이 너덜너덜해질 때까지 열심히 연습했다. 밤늦게 집에서 유리창에 비치는 오징어 같은 내 모습을 참아가며 춤 연습도 했다. 그렇게 공연 당일이 되었다. 긴장이 돼서 도저히 견딜 수가 없었다. 롤러코스터를 타기 전의 긴장과는 차원이 달랐다. 마치 이 공연에 내 모든 인생이 달린 것만 같았다. 분장을 마친 후 대기실 문을 살짝 열고 객석에 앉은 사람들을 확인해봤다. 좁은 소극장의 객석은 가득 찬 사람들의 열기로 후끈했다. 빈틈없이 앉아 있는 사람들 가운데 낯익은 얼굴이 보였다. 심장이 터질 뻔했다. 가족과 친구들이었다. 심호흡이 필요했다. 그러나 객석의 라이트는 점점 어두워지기 시작했다. 공연이 시작된 것이다.

공연은 눈 깜짝할 새에 끝났다. 정신을 차려보니 마지막 넘버가 흘러나오고 있었다. 다행히도 그동안의 연습이 부끄럽지 않을 정도로, 실수 없이 잘 진행됐다. 남은 건 커튼콜이었다. 어쩌면 몇 달간 미친 듯 연습을 한 이유라고 할 수 있었다. 배우들은 차례대로 나와 관객들에게 인사하기 시작했고 박수갈채가 쏟아졌다. 그때까지도 벌렁대는 심장을 주체할 수 없었을 뿐, 별다른 느낌은 없었다. 이윽고 내가 인사할 차례가 다가왔다. 크게 숨을 들이마시고 무대 밖으로 몸을 들이밀었다.

깜짝 놀랐다. 눈앞이 캄캄했기 때문이다. 객석은 새까만 어둠으로 가득 차 아무것도 보이지 않았다. 그런데 그 어둠 속에서 엄청난 에너지의 박수가 쏟아져 나왔다. 그 순간이었다. 척추부터 목덜미를 따라 엄청난 전기가 타고 올라온 것은, 카타르시스, 지금껏 경험하지 못한 새로운 종류의 카타르시스였다. 내가 마주하고 있는 것은 객석이 아닌 우주였다. 끝없이 펼쳐진 어둠이 마치 우주 같았다. 가늠할 수 없는 깊이인 데다 알 수 없는 엄청난 에너지가 그곳에서 뿜어져 나오고 있었기 때문이다. 조명이 반사된 관객들의 눈동자는 수억 개의 별 같기도 했다. 수억 개의 별이 눈부신 빛을 반사하며 나를 향해 흔들리고 있었다. 나 같은 작은 존재도 우주를 움직일 수 있는 힘을 가지고 있었다. 그때 생각했다. 실로 엄청난 곳이구나, 무대는.

인사를 마치고 감격한 나는 평생 흘릴 눈물을 무대 위에서 모두 쏟아냈다. 주체할 수 없을 정도로 미친 듯이 말이다. 나는 무대 위에서 약속된 것을 하지 않고 멋대로 구는 배우를 보고 '똥배우'라고 얘기하는데, 정작 똥배우 짓은 내 인생 첫 공연에서 내가 했다. 5분이면 끝날 커튼콜이 내가 우는 바람에 5분은 더 늘어났으니까. 어찌 보면 약속을 어겨 커튼콜을 망쳤지만, 개인적으로 그 경험은 엄청난 것이었다. 언제 그렇게 정신줄 놓고 무대 위에서 울어보겠는가. 눈물을 터뜨린 덕에 나는 (어쩌면 인생에서 처음이자 마지막일지도 모르는) 어떤 감정이 심장 깊숙한 곳을 파고드는 것을 느꼈다. 대자연 앞에 완전히 벌거벗은 채로 쏟아지는 폭포를 맞는 기분 말이다. 완전한 해방감이 온몸을 휘감았다.

여전히 나는 2009년 그 소극장에서 마주했던 우주 속의 빛나는 별들과 심장 깊숙이 박혔던 그 감정을 믿는다. 그것 하나만 믿고 아직까지 무대 위의 꿈을 버리지 못했는지도 모른다. 나이를 먹어서도 그런 감정에 집착하는 것이 어리석다 해도 어쩔 수 없다. 「버드맨」이나 「미스 사이공: 25주년 특별 공연」 혹은 「블랙스완」을 볼 때 여전히 내 심장은 쿵쾅대니까. 영상 속 인물에 나를 투영시키고 카타르시스를 느끼는 무대 위의 나를 상상한다. 그럼 당장 무대에 서고 싶어 견딜 수가 없다. 카타르시스, 정말이지 카타르시스는 누텔라보다 위험하다.

굶어 죽진 않겠다,
정말 그렇게 생각해?

작년에 봤던 영화 중 기억에 남는 작품을 하나만 꼽으라면 단연 「라라랜드」다. 그중에서도 가장 기억에 남는 건 아름다운 음악도 영상도 아닌 주인공 미아의 대사 한 줄이다.

"사람들은 열정이 있는 사람에게 끌려. 자신이 잊고 있던 걸 상기시켜주거든."

대사를 듣고 한 대 얻어맞은 것 같았다. 미아는 세바스찬이 아닌 내게 말을 건네고 있었다. 잊고 있던 무언가를 다시 끄집어내라고, 앞으로 다시 나아가라고. 열정, 그 단어가 나를 옴짝달싹못하게 만들었다.

내가 가장 뜨거웠던 때를 떠올렸다. 오직 한 가지 목표만을 향

해 달려가던 때다. 1평짜리 고시원에서 살며 대학 입시를 준비했던 때, 맨땅에 헤딩하듯 여행 자금을 모으기 위해 미친 듯이 일했던 때, 시간 가는 줄 모르고 매일같이 새벽을 넘겨가며 공연 준비를 했던 때. 가진 것 없이도 열정 하나만 믿고 무턱대고 부딪혔던 나를 떠올렸다.

그러나 지금 내 모습은 어떤가? 열정은커녕 가슴속에 작은 불씨 하나 남아 있지 않은 것 같다. 나이를 먹을수록 뜨거웠던 예전 나와의 간극은 더 커져만 간다.

혹자는 그런 시기라며 위로한다. 그러나 그런 시기라서 괴롭고 불안하다. 열정 넘치던 과거의 내가 자꾸만 낯선 눈빛으로 나를 쳐다보는 것 같아 무섭다. 이것이 어른이 되는 과정인 걸까. 그렇다면 영원히 어른이 되고 싶지 않을 정도다.

현실적인 얘기를 해야지만 좀더 명확해질 것 같다. 이젠 열정만으로는 무언가를 이룰 수 없다 생각하는 일이 많아진다. 미아의 대사에서 느꼈던 찌릿함 역시 어쩌면 그런 생각을 들킨 것만 같아서였으리라.

그렇다. 솔직히 이제 나는 열정에도 한계가 있다고 생각한다. 열심히 노력해서 꿈을 이루는 이야기는 영화 속에서나 가능한 일 같고, 죽어라 노력해봤자, 악착같이 버텨봤자 이곳에서 살아남을 수 없을 것 같다. 도대체 당장 내가 어떤 일로 돈을 벌며 살아갈 수 있을까? 아니, 무슨 일이든 하면 돈이야 벌겠지만, 과연 내가 하고 싶은 일을 하며 돈이란 걸 벌 수 있을까?

배우가 되기로 마음먹었던 때부터 지금까지 이 일이 '직업'이 된

나를, 좀더 노골적으로 이 일로 '돈'을 벌어들이는 나를 제대로 상상해본 적이 없다. 그냥 막연하게 노래하고 연기하는 것이 좋았다. 내가 좋아하는 것을 그저 열심히 하다보면 사람들이 쳐다봐줄 줄 알았다. 그러나 조금 멀찍이 떨어져 보니, 이거이거, 도저히 답이 없다. 그동안 내가 믿었던 한마디가 터무니없이 무책임했다는 것을 깨달았을 뿐이다.

"끝까지 버티는 사람이 배우가 되는 거야."

이보다 더 무책임한 말이 어디 있는가. 강동원, 원빈같이 입이 떡 벌어지는 외모나 매력을 가진 게 아니라면 일단 버텨야 하는 게 배우란다. 당시엔 콧방귀를 뀌며 '두고 봐라. 내가 새로운 길을 개척할 테니' 곱씹으며 결의를 다지곤 했다. 그러나 지금 내게 남은 건 불안이다. 내겐 불안만이 남았다.

난 뭘 믿고 여기까지 온 걸까? 돌아가기에는 너무 멀리 와버렸고, 그렇다고 계속 가기엔 눈앞이 캄캄하다. 불과 2년 전만 해도 젊음이 참 감사했는데, 이젠 어려운 숙제처럼 느껴진다. 이 와중에 학교 동기들이며 선후배, 지인들은 너도나도 제 밥벌이를 잘 해나가고 있다. 유명 연예인이 되어 얼굴을 비치고 있고, 프로 무대에 서기 시작했으며, 취직하여 직장을 얻고 부족함이 없어 보이는 삶을 살아가고 있다. 그들이 원하던 일로 돈을 벌고 있다. 내가 무엇을 어떻게 해야 하나 고민하고 있는 이 순간에도 그들은 무언가를 이뤄내고 있다.

참 어렵다. 그저 무대 위에 서는 것만으로 충분히 행복하다면 그것만으로 만족할 수 있겠지만, 정작 현실은 그렇지가 않다. 「라

「라랜드」의 미아는 오직 열정만으로 일인극을 올렸지만 혹평을 받았고 행복하지 못했다. 그 장면이 유독 뼈아프게 다가왔던 이유는 남 얘기 같지 않아서, 진짜 현실이란 그런 모습을 하고 있는 것 같아서였다. 현실은 「라라랜드」의 결말처럼 모두 꿈을 이루지 못한다. 꿈만 보고 살기에 현실이란 무대는 너무나 치열하고 열악하다. 예술을 하는 사람들에게는 더욱 그렇다.

진짜 현실은 어쩌면 미아가 일인극에 실패하고 배우를 접는 데까지, 딱 거기까지일 확률이 높다. 현실에는 진짜 배우가 된 미아보다 꿈을 접고 다른 일을 하는 미아가 훨씬 많으니까.

꿈은 꿈일 뿐인 게 어쩌면 가장 꿈다운 모습일지도 모른다. 꿈은 꿈꾸기 위해서만 존재하는 것이다. 그래야만 시궁창 같은 현실을 조금이나마 버틸 수 있다. 억울하지만 그게 현실이다. 우리는 「라라랜드」 같은 영화 속 주인공들을 보며 대리 만족할 뿐이다. 미아의 대사로, 영화를 통해 내 안에 잊고 있던 열정을, 꿈을 일깨울 뿐이다. 아니, 추억할 뿐이다. 오래된 사진을 꺼내보듯이.

사람들은 가끔 내게 이런 이야기를 한다.

"넌 굶어 죽진 않겠다."

그림이나 노래 등 여러 방면에서 깨작깨작 잔재주를 부리는 모습을 보니 어딘가에는 쓰임이 있겠다는 의미란 거, 나도 잘 안다. 그러나 잔재주일 뿐이고, 그마저도 프로처럼 훌륭하지 않은걸. 당장 어떻게 해야 이것들로 돈을 벌 수 있단 말인가. 과연 나를 필요로 하는 곳이 있을까. 그리고 그곳은 내게도 필요한 곳일까. 하루에도 수십 번씩 고민한다.

솔직히 말해, 요즘 젊은이들이 일자리를 구하지 못해 굶어 죽는 게 아니다. 누구든 뭘 해서든 굶어 죽지 않을 정도는 벌 수 있다. 그러나 문제는 '무슨 일'을 하느냐다. 연기하고 노래하고 그림 그리는 것, 이를 통해 정말 굶어 죽지 않을 정도의 돈을 벌어들일 수 있을까? 정말 그럴까?

생활고에 시달리다 고시원 쪽방에서 닷새 만에 시신으로 발견된 어떤 연극인이 생각난다. 불규칙한 연극 수입으로 극도의 생활고에 시달리던 그는 2평이 채 되지 않는 좁은 고시원 방에서 차갑게 식어갔다. 놀랍게도 이런 일이 21세기에 일어나고 있다. 다들 미아처럼 툴툴 털고 일어나 오디션에 합격하고 그토록 원하던 배우가 되면 얼마나 좋을까. 하지만 진짜 현실은 꿈을 꾸는 것조차 허락되지 않는, 정말 굶어 죽을 수도 있는 곳이 내가 디딘 이 땅, 이곳, 여기 현실이다.

'꿈이 뭐냐'는 질문에 나는 '예술 하는 배우'라 대답한다. 사람들은 그런 나를 보고 '멋있다'고 이야기한다. 하지만 그다음 꼭 따라붙는 말, "근데 그게 돈이 돼?" 멋있지만 돈이 되지 않는 직업. 돈이 되지 않지만 멋있는 직업. 난 그런 직업을 꿈꾸고 있나보다.

더 이상 연기하는 사람들을, 그림 그리는 사람들을, 노래하는 사람들을 돈 벌기 어려워 멋진, 멋져서 돈 벌기 어려운 직업이라 얘기하지 않았으면 좋겠다. 그냥 멋진 직업이었으면 좋겠다. 그 행위 자체만으로 멋진 그런 직업 말이다. 생활고에 시달렸던 성공한 예술가들의 이야기가 예술로 성공하기 위한 필수 과정이 되지 않길 바란다. 그래야만 하는 세상이 비정상임을 많은 사람이 알았으면 좋겠다. 사람들이 꿈꾸는 것을 넘어 하고 싶은 일을 돈 걱정 없이 하는 세상이 왔으면 좋겠다. 열정으로 버티라는 조언 대신, 열정을 가질 수 있는 환경이 되었으면 좋겠다.

2015년, 싸늘한 주검으로 발견되었던, 세상 그 누구도 알아주지 않았던 연극인 김씨의 죽음을 애도한다. 그 누가 고인에게 열정이 없었다, 버티지 못했다 얘기할 수 있을까. 아직 남아 있는 세상의 수많은 김씨의 열정이 숨을 쉴 수 있는 세상이 오길 바라본다. 그리고 나 또한 숨 쉬고 싶다.

미친 듯이 먹어봐야
하는 이유

나의 첫 다이어트는 고등학교 때였다. 그때 시도했던 건 하루에 한 끼만 먹는, 그러니까 아침을 엄청나게 많이 먹고 점심, 저녁은 굶는 다이어트였다. '그게 어떻게 가능해?' 싶겠지만 의외로 할 만했다. 오후 7~8시 정도에 찾아오는 고비만 잘 넘기면 이튿날 아침을 먹을 수 있다는 희망이 생겨 그럭저럭 괜찮아진다(배가 고파 잠이 안 오는 게 흠이지만).

힘들었던 만큼 효과는 곧바로 나타났다. 10킬로그램이 넘게 빠졌다. 당시에 다이어트를 했던 이유는 사는 게 너무 힘들어서였다. 처음엔 밥을 먹는 것조차 의미 없게 느껴져 식음을 전폐했던 것인데, 그게 일이 주가 넘어가니 살이 빠졌고, 급기야 욕심이 생

겨 다이어트가 되었다. 이유야 어찌 됐든 살은 엄청나게 빠졌다.

두 번째는 스무 살, 재수 시절이다. 낙방의 기억을 털어내고 새로운 각오로 재수에 임했다. 모든 걸 바꿔야겠다는 포부로 버킷리스트를 작성했는데 그중 1번이 다이어트였다(지금 생각하면 1번은 수능 공부여야 했다). 당시의 나는 내가 살만 빼면 연예인이 될 줄 알았나보다. 그리고 그게―달라진 내 외모가―이번 입시의 킬링 포인트라고 생각했던 것 같다. 잘못 짚어도 한참 잘못 짚었지. 당시 나는 '건강하게' 살을 빼야겠다는 생각으로 운동을 병행했다. 먹는 양도 줄였고 그에 못지않게 운동도 열심히 했다. 그런데 이상하게 전혀 건강해지지 않았다. 살은 빠졌지만 턱 끝까지 다크서클이 내려앉아 얼굴 위에 문신처럼 새겨졌다. 변비까지 생겨 일주일 동안 화장실에 가지 못한 적도 있다. 완전히 저질 체력이 되어버린 것이다. 그래도 살은 많이 빠졌지―연예인이 되지는 못했지만―이에 만족했다. 그러나 시험 보기 전에 요요가 와서 다시 원상태로 돌아갔다(다행히 건강도 돌아왔다). 이게 내가 기억하는 두 번째 다이어트다.

그리고 마지막 세 번째는 20대 중반, 학교에서 뮤지컬 공연을 했을 때다. 내가 맡은 역할이 예수라서 살을 뺄 수밖에 없었다. 그대로 무대 위에 올랐다간 '예수님이 밥을 되게 잘 드셨나봐' 같은 소리를 들을 것만 같았다. 무대 위가 아무리 환상이라곤 하지만 언제나 그것이 면죄부가 되어주지는 않으니까. 겟세마니 동산에서 울부짖는 예수님 뱃살이 출렁거리면 관객들이 집중을 못 하지 않겠는가. 초반에는 술도 안 마시고 먹는 것도 줄이고 운동도 열심히 하다가 나중엔 타이트한 연습 때문에 저절로 살이 빠졌다(그래서 그땐 술을 먹었다는 건 비밀입니다). 목표를 달성하지 못했지만, 그래도 '잘 먹은 예수님'이란 소리는 듣지 않을 정도로 무대 위에 올랐다. 이게 내가 기억하는 세 번째 다이어트다.

이 세 번의 다이어트를 통해 크게 깨달은 점이 두 가지 있다. 첫째, 살을 빼고 싶다면 살 빼고 있다는 사실을 의식하면 안 된다는 것. 그러니까, '나는 지금 다이어트 중이다'라는 생각을 머릿속에서 아예 지워버려야 한다. '다이어트를 하고 있다'는 사실을 의식하는 순간, 하고 있는 모든 행위에 '다이어트'라는 네 글자가 따라붙으면서 온갖 스트레스란 스트레스는 다 받게 되기 때문이다.

밥을 먹는 상황을 생각해보자. 냉장고에 있는 음식 아무거나 꺼내 맛있게 먹던 중 머릿속에 갑자기 '맞아, 나 다이어트 중이었지'라는 생각이 번뜩 떠오른다. 그 순간 입맛이 뚝 떨어지는 건 물론이요, 젓가락이 닿는 반찬마다 칼로리 계산을 하게 된다. 계산을 하면 내가 먹을 수 있는 음식은 하나도 없는 것처럼 느껴진다. 결국 젓가락을 내려놓는다. 언뜻 보면 다이어트가 성공적으로 진행되고 있는 것처럼 보이나 이건 실패다. 이 과정은 스트레스를 유발하고, 이런 스트레스는 잔뜩 쌓여 있다가 폭식으로 이어지기 때문이다. 살이 빠졌어도, 금방 다시 찔 거라는 얘기다.

또 다른 예를 들어보자. 주말을 맞아 이른 아침 조깅을 하고 있다. 조금씩 몸에 열이 생기고 나니 왠지 벌써부터 살이 빠지는 기분이다. 평소 닮고 싶어하던 연예인 몸매가 떠오르자 '조금만 더 달리면 나도 그렇게 되지 않을까?' 하는 몹쓸 욕심이 생겨난다. 결국 페이스를 초과한다. 그리고 이튿날 아침 끙끙대며 일어나 이를 아득바득 갈며 회사로 출근한다. 이런 경험은 다음에 하게 될 운동에 막연한 공포감을 심는다. 그러니 운동을 해야겠단 생각은 있는데 '아, 운동하면 내일 아침에 출근하기 힘들 텐데' '다 먹고살자고 하는 짓인데 돈은 벌어야지' '그래, 당분간 운동은 포기하자' 식의 타협을 하게 된다. 결국 그날 아침 운동이 마지막 운동이 되어버린다.

이런 과정을 반복하지 않기 위해 우리가 해야 할 일은 딱 한 가지다. 아이러니하게 들리겠지만, 다이어트를 멀리 해야만 한다. 최고의 다이어트는 다이어트를 하지 않는 것('음주는 했지만 음주운전은 하지 않았다' 같은 문장 같지만)이다. 다이어트를 하지 않는다는 마음을 먹는 것이야말로 살을 뺄 수 있는 가장 건강한 지름길이다.

프랑스 사람이 날씬한 이유를 다룬 다큐멘터리를 본 적이 있다. 미국인과 프랑스인의 다이어트에 대한 인식 차이를 비교하는 형식으로 진행된 다큐였는데, 놀랐던 대목은 '초콜릿'이라는 단어를 던져주었을 때 그들이 느끼는 이미지의 차이였다. 미국인들은 초콜릿을 '살찌는 음식' '고칼로리' '설탕 덩어리' 같은 부정적인 이미지로 받아들인 반면, 프랑스인들은 '사랑' '축복' '행복' 같은 긍정적인 이미지로 받아들였다. 미국인은 초콜릿을 먹으며 죄책감을 느꼈지만, 프랑스인은 초콜릿을 먹으며 행복을 느꼈다. 그러나 결국 살이 찌지 않는 건 프랑스인 쪽이었다. 인식의 차이란 게 얼마나 중요한지 알려주는 대목이다. 맛있게 먹으면 0칼로리라는 말이 꽤히 있는 게 아니라니까.

'최고의 다이어트는 다이어트를 하지 않는 것', 왠지 이 공식은 다이어트뿐만 아니라 우리 일상에도 스며 있는 것 같다는 생각을 한다. 미디어에서는 '목적을 이루기 위해 끊임없이 목표를 되뇌라'라고 수없이 이야기하지만, 정작 원하던 목표는 생각지도 못한 때에 이루어지는 경우가 많다. 지나치게 목표에 집착하다보면 목적을 이루지 못한 자신이 루저처럼 느껴지고 스스로의 가치를 낮게 생각하게 된다. 하지만 집착을 버리고 하고 있는 일에 몰두할 수 있다면 정신 건강에도 이롭고 생각지도 않던 목표를 이루게 될 수도 있다. 프랑스 사람들이 초콜릿을 먹고도 날씬한 것처럼 말이다. 다이어트도 인생도, 결국 집착을 버리는 게 답이다.

다이어트를 통해 두 번째로 깨달은 점은, 동기부여를 위해서는 그 반대의 것을 최대치로 경험해봐야 한다는 것이다. 그러니까 다이어트를 결심하고자 한다면 배가 터질 때까지 먹어봐야 한다. 기분 나쁠 정도로 배가 부르고 나면 배고팠던 순간이 그리워질 것이고, 마침내 결심을 할 수 있게 된다. '아, 내일부턴 안 먹어야지.' 동기부여가 된 것이다.

물론 바로 다음 날 같은 양의 식사를 해버리는 예외의 경우도 있다. 그렇다면 더 많은 음식을 밀어넣어보라고 권유하고 싶다. 극한의 배부름을 맛봐야 배고픔이 얼마나 소중한지 알게 될 테니까. 실제로 이 방법을 사용해본 적이 있다. 먹은 것을 전부 게워낼 정도로 지나치게 많이 먹었었다. 말 그대로 '쑤셔넣는' 수준으로. 바늘로 콕 찌르면 터질 듯한 정도가 되어서야 배고픔이 얼마나 소중한 것이었는지 깨달았다.

다이어트뿐만이 아니다. 무슨 일이든 일정 수준 이상을 해봐야지만 동기부여가 된다. 나는 학창 시절에는 가끔 미친 짓도 해봐야 한다는 주의다. 범죄가 되지 않는 선에서의 일탈은 그 시기에 꼭 필요하다. 같은 경험이더라도 10대 때와 성인이 되고 나서의 감상은 천지차이이기 때문이다. 모든 것을 새롭게 받아들일 수 있을 때 가능한 한 많은 것을 해봐야 내가 왜 공부를 해야 하는지, 어떤 목표를 가지고 살아야 하는지를 '직접 몸으로' 느낄 수 있다. 교과서와 학원에서 눈과 귓속으로 주야장천 때려 넣으면 뭐하나. 체화되지 않는걸. 무전 여행도 해보고, 길거리에서 미친 척 춤도 춰보고, 땡땡이치고 멀리 놀러도 가보고. 그러고 나면 그동안 쳇바퀴 돌듯 살아왔던 삶 속에서도 나름의 의미를 찾을 수 있게 된다. 나도 10대 때 미친 짓을 꽤 해봤다. 더 해볼걸 하고 후회하는 걸 보면 10대 때의 미친 짓은 아무리 해도 부족하게 느껴지는 것 같다. 망설일 필요가 없다. 일단 미친 듯이 먹어봐야, 왜 미친 듯이 먹지 않아도 되는지 알게 될 테니까.

물론 부작용도 간과해선 안 된다. 폭식하고 굶는 것은 거식증의 증상이 아니던가. 또 이미 충분히 미친 듯이 놀고 있는 사람에게는 이런 처방이 오히려 독이 될 수 있다. 그런 분들은 부디 이 이야기를 넘어가주길 바란다. 살찐 모습으로 술에 잔뜩 취해 "네가 나보고 이렇게 살라고 했잖아" 하고 내 앞에 나타나면 곤란하다. 믿으실지 모르겠지만 제 글은 건강한 삶을 지향합니다.

나, 잘하고 있는 거
맞죠?

무대에 매료되었던 이유는 박수 때문이었다. 손바닥과 손바닥을 마주해 소리를 내는 행위, 박수. 그 행위만 놓고 보면 단순하기 짝이 없지만, 무대 위에 선 배우에겐 엄청난 선물이다. 고막을 관통한 뜨거운 전류가 심장 한가운데에서 번지기 시작해 손끝과 발끝까지 전달되는 느낌이랄까. 마치 세상에서 가장 달콤한 목소리가 나를 위로해주는 것만 같다. 박수 소리 따위에 목소리가 담겼을 리 없지만, 그 순간만큼은 정말 그렇다. 그리고 그 목소리는 이렇게 말한다.

"잘했어! 정말 잘했어!"

"미쳤다, 완전 감동적이야! 고마워……!"

"진짜 최고다!"

"사랑해!"

이런 말을 듣고도 기분 좋지 않을 사람이 얼마나 되려나. 배우들이 자꾸 무대에 서는 이유는 계속해서 이 목소리를 듣기 위해서라고 나는 확신한다. 세상에서 가장 달콤한, 달콤해도 너무 달콤한, 칭찬이라는 이름의 목소리. 결국, 나는 칭찬받고 싶어 무대에 선다.

무대 위에서의 칭찬은 즉각적이고도 강렬하다. 쏟아낸 에너지에 바로 반응이 나타나기 때문이다. 창작물을 받아들이는 사람과 이렇게 일대일로 마주하는 형태의 예술은 아마 무대예술이 유일할 것이다.

그림만 그렸던 내게 이런 식의 피드백 구조는 색다른 충격이었다. 그림을 그려서 받는 칭찬과는 차원 자체가 달랐다. 누군가가 어떤 플랫폼에 그림을 올린다고 하면, 베스트 댓글에 "와…… 작가님 미쳤어요?! 어떻게 이런 작품을……! 진짜 완전 너무 좋아요! 사랑해요! 꺅!"과 같은 내용이 달리는데, 이런 반응을 온몸으로, 다이내믹한 표정으로 보여주는 수백 명의 '진짜' 사람들이 내 눈앞에 펼쳐져 있다고 생각해보라. 무대에 중독되지 않을 이유가 없지 않은가?

칭찬은 늘 나를 움직이는 원동력이었다. 그림을 그리기 시작했던 이유도 어렸을 적 유치원 선생님이 해준 '잘 그린다'는 한마디 때문이었다. 그림 그리는 행위 자체에 엄청난 매력을 느낀 적은 없었다. 그래서 그림을 그리다 연기를 시작하게 된 것 또한, 그림 그리는 행위 자체엔 큰 미련이 없었기 때문일 수도 있다. 남들이 잘한다고 해주는 일보다는, 순수하게 내 관심으로 하고 싶은 일을 해보는 건 어떨까 싶었다. 그게 연기였다.

그러나 결국 연기를 시작하고도 늘 칭찬이 고팠다. 흔히들 면접에서 "왜 배우가 되고 싶어요?"라는 질문에 "저를 통해 다른 사람들에게 좋은 영향을 끼치고 싶어서요" "세상을 변화시키고 싶어서요" 같은 멋들어진 답변을 준비하는데, 솔직히 난 이렇게 대답하고 싶다. "칭찬받고 싶으니까요." 이상적인 배우 마인드에 어긋나는 것 같아 좀 부끄럽기도 하지만, 사실이 그러한 걸 어쩌나. 나는 나 잘했다고 해주는 게 좋아서, 박수받는 게 좋아서 무대에 섰다. 칭찬받고 싶어서 연기하는 배우가 똥배우라면, 그렇다면 난 똥배우 맞나보다. 안녕하세요, 똥배우입니다.

칭찬받고 싶은 게 나쁜 건 아니지만, 칭찬에 너무 목매다보면 나 자신이 누구인지 희미해지는 때가 온다. 끝없는 칭찬의 굴레에 경계심이 생기는 이유는 이 때문이다. 정말 좋아서 하는 건지, 아니면 남들 성을 채워주기 위한 건지 헷갈리기 시작하는 것이다.

처음 글을 쓰기 시작했을 땐 남을 의식하지 않고 쓰고 싶은 이야기들을 썼다. 칭찬받고 싶은 마음이 아예 없었다곤 못 하겠지만 남들의 반응보다는 정말 쓰고 싶은 걸 쓰는 데 집중했다. 하지만 내 글을 읽어주는 사람이 많아지면서 글 쓰기가 힘들어졌다. 아무 반응이 없으면 괜히 씁쓸해지고 글을 잘 못 썼나 생각했다. 그러면서 남들이 좋아하는 글이란 어떤 글일까에 대한 고민이 생기기 시작했고, 첫 문장을 썼다 지웠다 끊임없이 반복하는 일이 잦아졌

다. 칭찬을 못 받을까봐 두려웠던 것이다.

칭찬은 달콤하다. 칭찬을 받는 순간만큼은 내가 가는 길이 옳은 길이라 확신하게 된다. 새로운 가능성을 열어주기도 하고, 자신감을 심어주고, 심지어는 나처럼 행동으로 옮기게 하는 가장 직접적인 원인이 되기도 한다. 하지만 동시에 칭찬은 칭찬이 없어지는 순간 초조함이 된다. 누군가가 잘했다 확인해주지 않으면 이상한 길로 접어든 것만 같다. 그만큼 '잘한다'는 한마디가 만들어내는 파장은 어마어마하다. 내가 그린 그림이나 글 따위를 계속해서 올리는 이유, 무대 위에서 연기하는 이유도 이 때문이다. 좋다, 잘한다, 멋있다는 칭찬을 들으며 지금 하고 있는 게 옳은 일이라는 확신을 얻고 싶은 것이다.

남의 시선 상관하지 않고 순수하게 즐길 수만 있으면 얼마나 좋을까. 남들이 구리다고, 때려치우라고 욕하더라도 내가 좋으니까 계속할 수 있으면 얼마나 좋을까. 뚝심 있는 예술가가 될 수 있다면 얼마나 쿨해 보이고 멋질까.

그러나 한편으론 이런 생각을 한다. 칭찬받을 때의 그 기분이 너무 짜릿해서, 이 기분을 느끼지 못할 바에야 굳이 이걸 할 이유는 없겠구나 하는 생각. 내가 뭐, 엄청난 대작가나 대배우가 되려는 것도 아니고, 그냥 나 기분 좋자고, 행복하자고 하는 일들인데. 그 행복의 원천이 칭찬이라면 굳이 솔직한 이 감정을 경계할 필요는 없겠구나 싶기도 하다.

결국 칭찬해달라는 얘기다. 나는 계속해서 확인받고 싶다. 내가 잘하고 있는지 아닌지, 계속해도 좋을지 말지. 나도 진심 어린 칭찬을 받을 수 있게 더 노력해야겠다. 그러니 내게 박수를 달라. 그래야, 앞으로도, 계속할 수 있을 것 같다.

똥인지 된장인지는
찍어 먹어봐야 안다

세상에는 두 가지 종류의 사람이 있다. 죽이 되든 밥이 되든 일단 해봐야 아는 사람과 해보지도 않고 얼추 감각과 느낌만으로 아는 사람. 전자는 '노력형', 후자는 '천재형'이라고 부르기도 한다. 유년기엔 '혹시 내게 엄청난 재능이?' 하는 마음을 품기도 하지만 결국 대부분은 자신이 노력형에 해당된다는 것을 알게 된다. 물론 나도 마찬가지고.

해보지도 않고 뚝딱 해내는 게 오히려 더 이상한 일이지만, 나란 사람은 유독 심하다 싶을 정도로 몸으로 경험하고 체득한 후에야 이해하는 타입이다. 대부분의 사람이 몇 가지 기능을 습득한 뒤 응용 단계로 나아간다면, 나는 거의 모든 경우의 수를 다 해봐야지만 이제 알겠다는 느낌을 받는다. 그렇기 때문에 '내 것'으로 만드는 데 굉장히 오랜 시간이 걸린다.

그러다보니 내 삶도 어쩐지 '일단 뛰어들고 보는 식'이 되어버렸다. 경험하기 전에 이것저것 재보는 게 나 같은 타입에겐 전혀 도움되지 않는다는 걸 알았기 때문이다. '일단 물에 뛰어들어가보는' 것이다. 수영 같은 건—어찌 됐든 살아야 하니까—물속에서 움직여보며 체득한다. 그럼 그제야 '왜 수영에 이런 자세가 존재하는지' 제대로 이해하게 된다.

처음 연기를 배울 때도 그랬다. 무턱대고 뛰어들었다. 누군가 시범을 보여주면 머릿속에서는 이미 대배우처럼 연기하고 있었지만 막상 몸을 움직이면 오징어 같았다. 직접 해보지 않고선 도저히 몸으로 체득할 수 없었다. 지금도 마찬가지다. 악보에 아무리 많은 밑줄을 긋고 분석해봐도 직접 그대로 수없이 움직여보지 않으면 무대 위에서 꼼짝없이 얼어버리고 만다. 때문에 별 연습 없이도 제법 괜찮은 연기를 해내는 사람들이 부럽게 느껴지기도 했다. 그건 연기에 대한 센스이며 재능이기도 하지만, 일상적인 삶에서도 굉장히 쓸 만한 능력이기 때문이다. 간단한 에튀드(즉흥 상황극)로 수업을 할 때도, 직접 움직여보지 않으면 움직이는 이유를 찾을 수 없어 밤새 반복적으로 연습해야 했다. 그래야 조금이나마 안심이 됐달까. 연기는 생각 이상으로 물리적인 신체의 흐름보다 형이상학적인 이미지를 그려내야만 트레이닝이 가능한 경우가 많았으므로 노력보다 재능이 훨씬 큰 가치를 지니는 것처럼 느껴질 때가 많았다. 그런 점에 있어서 좌절도 많이 했던 것 같다.

그러나 나 같은 사람에게도 장점은 있다. 한 만큼 결과로 다 나타나기 때문에 요령을 피울 수 없다. 객석에 앉은 관객들은 다 안다. 무대 위에 올라서면 머리부터 발끝까지 모든 게 관객들에게 노출되어버린다. 웬만한 무대 센스를 가진 사람이 아니고서야 충분한 연습 없이 요령만으로는 절대 해낼 수 없다. 그런 건 공연을 잘 모르는—많이 접해보지 않은—관객도 쉽게 알 수 있다.

그래서 조금 돌아가더라도, 조금 피곤하더라도, 가끔은 이런 사람으로 태어난 게 오히려 감사하게 느껴진다. 어쨌든 '한 만큼'은 보여지는 거니까. 이 말인즉슨 많이 해두면 그만큼 안심이 된다. 보험을 들어놓은 것 같달까. 어떻게 해서든 연습으로 불안한 마음을 달래는 것, 무대에 서는 사람으로서는 굉장히 다행인 일이다.

또한 체득을 위해 직접 몸을 움직이다보면 생각지도 못했던 새로움을 찾을 때도 있다. 처음 보는 새로운 내 모습이나 가능성일 때도 있고, 원래 목표한 것 이상의 능력일 때도 있다. 왜, 비행기로 한번에 이동할 수 있는 거리를 걸어서 이동하면 더 많은 것을 볼 수 있지 않은가. 시간이 절약되고 몸이 편한 건 비행기지만(한마디로 '효율적'이지만), 깨어난 오감으로 다양한 경험을 할 수 있는 건 역시 걷는 쪽이다. 설사 목적지에 도착하지 못해도 걸어오며 쌓인 경험으로 만족할 수 있으니 후회할 확률도 적다. 그래서 실패하더라도 마냥 좌절하기보단 '그래, 이것으로 됐어' 싶을 때가 많다. 목적을 이루지는 못했어도 분명 이 경험이 언젠가 쓸데가 있을 거란 생각이 드는 것이다.

나는 어렸을 적부터 재주가 굉장히 많아서 나 자신이 '천재형'인 줄 알았다. 때문에 별 연습 없이도, 요령을 피워도 괜찮을 줄 알

앴고 실제로 그런 마인드로 살아가던 시절이 있었다. 하지만 그건 말 그대로 잔재주들이었다. 아주 잠깐 빛나는, 열심히 갈고닦지 않으면 빛을 잃는 능력 말이다.

처음엔 나 자신이 천재형이 아니라는 사실을 쉽게 받아들일 수 없었다. 이렇게 적어놓고 보니 좀 웃긴데, 당시엔 새삼 진지했다. 그동안 그거 하나 믿고 보장된 미래를 꿈꿨는데, 사실 별거 없는 능력이었으니까. 하지만 시간이 지나면서 천재형이어야만 행복한 삶을 살 수 있는 것이 아님을 알게 됐다.

노력형 사람에게는 재능에는 없는 '공감'이라는 가치가 있다. 사람들이 노력을 높이 평가하는 이유는 그것이 얼마나 외롭고 힘든 길인지 알기 때문이다. 공감을 먹고 사는 일을 업으로 삼으려는 내게 엄청난 재산이 아닐 수 없다. 그래서 이제는 천재형이 아닌 것을 다행으로 여긴다.

'똥인지 된장인지 찍어 먹어봐야 아느냐'라는 말이 있다. 흔히 군이 해보지 않아도 알 수 있는 일을 두고 하는 말이다. 그런데 나는, 찍어 먹어봐야 알 것 같다. 눈으로 보기에 색깔도 비슷한데 더군다나 냄새까지 못 맡으니 말이다.

나는 직접 먹어봐야 체화가 가능한 사람이다. '딱 봐도 사이즈 나오는데 왜 그걸 못해?'라며 다그치지 말아달라. 조금만 시간을 더 주면 된다. 그렇게 타이트하게 살지 않아도 우리 인생 충분히 바쁘지 않은가. 조금 오래 걸려도 잘할 자신이 있다.

혹시나 해서 하는 말인데 그렇다고 똥이랑 된장을 진짜 찍어 먹어보겠단 건 아니다. 오해하지 마시길!

언제든 대체 가능한 삶을
사는 당신에게

"일하고 싶지 않으면 언제든지 얘기해. 너 아니어도 할 사람 많
으니까."

충격이었다. 그 말의 날카로움 때문이 아니라 잊고 있던 무언가
를 일깨워주는 그런 충격이었다. 나는 사실 알고 있었던 것이다.
내가 그리 특별한 존재가 아니란 것을. 아니, 도리어 먼지보다 작
고 하찮은 존재란 것을. 물론 사장님이 그런 뜻으로 한 얘기가 아
니란 건 안다. 근래 들어 일에 대한 욕구가 식은 것을 알고 열심히
일하지 않는 내가 괘씸했던 거겠지. 이해한다. 사장님은 돈을 주
고 나를 고용한 '갑'이고, 나는 돈 받고 시키는 일을 하는 '을'이니
까. (마음에 들지 않으면 잘라버릴 수도 있는) 그녀의 권력을 이해했

기에 그녀가 한 말은 충분히 납득 가능한 것이었다. 그러나 머리와는 다르게 내 가슴은 속수무책으로 무너져 내렸다. 그 한마디는 나란 사람 전체를 흔들어놓았다.

나는 스무 살이었다. 대개 친구들이 대학에 입학해 캠퍼스 생활을 즐기고 있을 나이인 스무 살, 나는 캠퍼스가 아닌 대학로의 어느 작은 카페에서 에스프레소 샷을 뽑고 있었다. 다시 1년간 입시를 해야 한다는 게 스스로에게도, 부모님에게도 짐인 것 같아 카페 알바를 시작했던 것이다.

단순히 용돈을 벌기 위해서만은 아니었다. 부모님에게는 '이만큼이나 열심히 살고 있어요'를 보여줄 수 있는 좋은 기회였고, 나 스스로에게는 입시 준비 그 이상을 해내고야 말겠다는 도전 의식의 표현이었다.

실은 알바 외에 다른 방법이 없었던 건 아니다. 마지막이었던 C대 시험을 마치고 나오던 날, 시험을 망친 나는 세상에서 가장 불행한 얼굴로 평소에 자주 찾던 대학로의 학림다방을 찾았다. 자연광에 기댄 어두운 조명이 몇 안 되는 손님을 희미하게 비추고 있었고 배경음악으로는 거슈윈의 「랩소디 인 블루」가 막 흘러나오던 참이었다. 혼자 온 사람은 나뿐인 듯했다. 창가 자리를 차지한 나는 뜨거운 블랙커피, 그리고 오렌지 마멀레이드 치즈 케이크를 주문했다. 노트를 펼쳐 글을 쓰기 시작했다. 이 우울함의 근원은 어디일까. 앞으로 어떻게 살면 좋을까. 노트 위에 까만 줄을 긋기 시작했다. 흰 종이는 신경질적인 블랙으로 채워졌다. 숨이 막혔다. 창밖으로 눈을 돌리자 사람들이 보였다. 행복해 보이네. 유리창을 스크린 삼아 비정상적으로 행복한 영화가 상영되고 있는 기분이 들었다. 그때 엄마에게 전화가 왔다.

"아들, 어디니?"

잘 참았는데. 그만 터져버렸다. 커다란 테이블에 얼굴을 묻고 입을 틀어막은 채 하염없이 울었다. 「랩소디 인 블루」는 어느새 절정에 다다랐고 테이블 위 찻잔은 달각달각 흔들렸다. 조금 진정이 되고 나서야 '걱정 말라'며 엄마와의 전화를 마무리 지었다. 한바탕 울고 나니 배가 고파졌다. 눈앞엔 한 입도 먹지 않은 치즈 케이크가 있었다. 크게 떠서 한 입 집어넣었다. 아, 맛있다. 갑자기 세상에 혼자만은 아닌 것 같았다. 한 손으로 눈물 콧물로 얼룩진 얼굴을 닦아내면서도 다른 한 손으로는 치즈 케이크를 바쁘게 퍼먹었다. 코미디다. 그 와중에 노트에 적은 계획은 더 코미디였다.

1. 미국으로 유학 가기
2. 미국으로 여행 가기
3. 미국으로 이민 가기

왜 하필 아메리칸 드림을 꿈꿨는지는 모르겠다. 출발도 안 했는데 마음은 벌써부터 라라랜드에서 춤을 추고 있었다. 아무래도 '거지 같은 이 세상! 미국이라면 내 진가를 알아줄 거야!' 등의 개떡 같은 생각을 했던 모양이다. 비행기 표까지 알아봤다. 100만 원이 넘었다. 다시 입을 틀어막고 울었다. 확실히 제정신은 아니었다. 그래서 이 시궁창 같은 현실을 딱 한 판만 더 해보기로 했다. 대신 후회하지 않기 위해 더 치열하게, 더 열심히! 그렇게 알바를 시작했다.

처음부터 '일하기 싫으면 얘기해'란 말을 들을 정도로 일이 싫은 건 아니었다. 그러나 일이 익숙해질수록, 당연하지 않은 것들이 당연해질수록 지쳐갔다. 나 자신이 커피 만드는 기계처럼 느껴지는 것은 어쩔 수 없다 쳐도, 사장님의 무리한 부탁은 도무지 납득할 수 없었다. 사장님은 내가 그림을 그린다는 걸 알고는 '메뉴 그림' 따위를 그려달라 부탁했다. 처음엔 부탁을 승낙했지만, 반복될수록 이건 좀 아니다 싶었다. 그런 불만이 계속해서 쌓였고, 불만은 사장님의 단점만을 부각시켰다. 식사 시간은 30분 이내, 식대는 3500~4000원 사이. 페이는 최저임금. 손님들에게 나가는 음식과 음료는 최대한 재료를 아껴서. 한마디로 정이 떨어졌다.

그래서 내가 먼저 그만둔다고 얘기하고 싶었다. 절이 싫으면 중이 떠나야지 어쩌겠는가. 그러나 일을 소개해준 지인이 걸려 그만둔다는 말이 쉽게 떨어지지 않았다. 그런 마음이 결국 의욕 없이 일하는 태도로 드러났고, 사장님도 그런 나를 알아차렸는지, 어느 날 카운터 구석으로 나를 데리고 가 이렇게 얘기했다. "요즘 일하기 싫지? 일하고 싶지 않으면 언제든지 얘기해. 너 아니어도 할 사람 많으니까."

내가 받은 충격을 모두 사장님의 책임으로 돌리는 건 아니다. 사장님은 사실을 얘기했으니까. 심지어 맘에 들지 않는다고 단칼에 잘라버린 것도 아니다. 그 흔하다는 '갑의 횡포'도 부리지 않았다. 내게 먼저 그만둘 기회를 준 셈이니 참으로 사려 깊기까지 하다.

머리는 그렇게 이해했다. 내가 사장이어도 그랬을 거라고 생각했다. 하지만 가슴이 너무 아팠다. 커다란 구멍이 생겨버린 기분이었다. 나란 존재가 언제든 대체 가능한 공산품이란 것을 나 스스로도 충분히 잘 알고 있는데, "너 아니어도 할 사람 많아"라는 소리를 들은 것이다.

영화 「공기인형」이 떠올랐다. 「공기인형」은 배우 배두나가 주인공 '노조미'로 출연한 고레에다 히로카즈 감독의 영화다. 노조미는 사람이 아닌 인형이다. 그것도 그냥 인형이 아닌 공기를 주입해 사용하는 섹스 인형. 영화는 어느 날 갑자기 노조미가 '마음'을 얻게 되면서 시작한다. 마음을 얻은 노조미는 인간이 느끼는 감정을 똑같이 경험하며 방황한다. 그러다 '사랑'이란 감정을 알게 된 노조미는 행복에 젖은 나날을 보내게 된다. 그러나 그녀는 주인 맘에 들지 않으면 쉽게 버려지는 섹스돌이다. 노조미의 주인 역시 노조미에게 질려버리고, 결국 그녀는 쓰레기장에 버려진다. '대체'된 것이다. 버려진 노조미는 '나는 누구일까'에 대해 생각하기 시작한다. 결국 그녀는 섹스돌 포장 상자에 쓰여 있는 주소를 따라 자신을 만든 공장에까지 찾아가게 된다. 감독이 노조미를 통해 보여주고 싶었던 것은 어쩌면 우리의 모습이 아닐까? 왜 태어났는지도 모른 채 이 세상에 버려져 끊임없이 방황하며 존재 이유를 찾는 우리 모습. 그리고 동시에 언제든 대체 가능한 삶을 살아가는 우리 모습. 노조미는 현대인의 표상이자 우리 모두의 얼굴이다. 누구나 내가 공기인형이었음을 알게 되는 시기를 맞이한다. 언제든 대체 가능한, 사회를 움직이는 작은 부품에 지나지 않는 공기

인형. 우리는 당장 내일 사라져도 인구 통계에 아주 작은 변화도 가져오지 못할 미세한 존재일 뿐이다. 우리가 맞이하는 죽음은 새로 태어나는 생명으로 메워질 것이다. 우리는 딱 그런 정도의 미세한 존재다.

대체 가능한 존재라는 것을 인정하기까지는 적지 않은 시간이 걸렸다. 그러나 인정을 하고 나니 참 신기하게도 다행이다 싶었다. 언제든 대체될 수 있다는 게, 내 존재가 하찮아서가 아니라 그 자리가 본래 내 것이 아니었기 때문임을 알게 된 것이다. 주위를 둘러보았다. 내 주위엔 늘 나를 응원하는 사랑하는 가족과 친구들이 있었다. 내가 있어야 할 자리는 이곳이라는 것을 그때 깨달았다.

나는 미세할지언정 결코 하찮은 존재가 아니다. 비록 내 역할이 언제든 대체 가능하다 할지라도 아들이자 애인, 친구의 역할까지 대체할 순 없지 않은가. 내가 우주 속 먼지 같은 존재이면 어떤가. 누군가에게 특별한 존재가 된다는 것, 사랑을 한다는 것은 내 안에 우주를 만드는 일이었다. 직업이나 커리어 같은 거, 언제든 대체 가능하면 뭐 어떤가? 오히려 더 감사할 일이다. 그 자리는 나란 존재를 한정지을 뿐이니까. 하지만 사랑은 스스로의 존재를 한정하지 않는다. 직장에서 승진하는 것보다 훨씬 의미 있고 값진 일이다. 내가 아니어도 할 수 있는 사람이 많다는 건 오히려 다행이다. 만약 카페 알바가, (합격하지 못한) 대학의 연극영화과 학생이 '꼭 나여야만 하는 역할'이었다고 생각하면 도리어 끔찍하다. 그 속에 나를 한정짓고 내 '진짜 역할'이 무엇인지 잊고 살았을 것이다. 언제든 대체 가능해서 참 다행이다.

수많은 것이 대체되는 세상에서도 정말 중요한 것은 대체되지 않는다. 그래서 오늘도 대체 가능한 내 삶이 아름답다. 공기인형인 내 모습이 좋다. 우주는 나를 품지 못했어도 내 안에 우주를 품고 있으니까.

어차피 인생에
레시피 같은 건
없으니까

스무 살, (지금 생각하면) 별 시답잖은 고민 때문에 괴로웠던 적이 있다. 그리고 고민은 언제나 같은 역에 정착했다. 이번에 내리실 역은 '막연한 불안함' 역입니다. 내리실 문은 없습니다.

나는 재수생이었다. 그림을 그리다 연기를 시작한 지 겨우 1년, 짧은 시간이라는 것을 인정하는 한편, 실패했다는 패배감에 많이 불안했다. 난 커서 뭐가 될까, 이 일로 먹고살 수 있을까, 이게 과연 맞는 길일까.

열아홉에서 스물로 고작 한 살 더 먹었을 뿐인데, 1년이란 시간이 통째로 내 것이 되어버렸다. 어찌 됐든 19년을 학교나 학원의 '스케줄'에 따라 살았는데, 이제는 스스로 스케줄을 짜고 움직여야

했으니 말이다. 1부터 10까지 스스로 선택하고 행동해야 하다니, 어른의 영역이라 여겼던 것이 내 영역이 되어 있었다. 덜컥 어른이 되어버렸던 것이다.

하지만 난 준비된 게 아무것도 없었다. 오직 내 선택만으로 1년의 결과물(대학)이 그대로 드러난다니. 준비되지 않은 어른인 내게 주어진 무한한 시간은 '살아간다'보단 그저 '버틴다'는 느낌이었다. 그렇게 하루하루 버티면서 살았던 것 같다.

그러던 와중, 요리를 시작했다.

단순히 끼니를 해결하기 위해 시작했던 요리는 전혀 의외의 부분을 건드렸다. 요리는 인생과 달리 '레시피'가 있었고, 이 레시피라는 것이 내게 뜻밖의 희망을 줬다.

버틴다고 느낄 만큼 막막한 내 삶과는 달리 요리에는 뚜렷한 정답이 있었다. 달걀흰자를 저으면 거품이 생긴다, 소금을 넣으면 짠맛이 난다, 열을 가하면 뜨거워진다…… 인생과는 다르게 요리는 레시피만을 따라 하면 정답에 도달했다. 원하는 결과에 이르렀을 때는 일종의 쾌감까지 일었다.

그리고 자연스럽게 요리가 좋아졌다. 요리의 매력에 빠져버렸다. 요리에 앞서 장 보는 것부터 즐거웠다. 다양한 색깔의 재료들, 예쁜 디자인의 식료품을 구경하는 것은 옷이나 신발을 구경하는 것보다 더 신난다. 그러고 보면 여행 다닐 때도 그 도시의 시장이나 마트 구경을 즐기곤 했다. 왠지 그런 곳들이 가장 그 도시다운 냄새를 풍긴다고나 할까. 재료들이 카트에 쌓이면 머릿속에서는 만들어 먹을 음식을 조리하기 시작한다. 음식은 파스타가 되었다

가, 스튜가 되었다가, 찌개가 되었다가, 볶음밥이 되었다가, 다시 파스타가 된다.

장을 봐온 재료를 손질하는 과정은 엉켜 있던 생각 혹은 고민들을 정리하는 시간이 된다. 양파 껍질을 하나씩 벗겨내고 있으면 시답잖은 고민도 한 겹씩 벗겨지는 것 같고, 감자에 묻은 흙을 씻어내고 있으면 왠지 내 마음도 깨끗해지는 것만 같다. 재료들에게 말을 걸어도 좋다. '넌 어디에서 왔니?' '고놈 참 예쁘게도 생겼네.' 물론 혼자 있을 때만 해야 한다.

재료 손질이 끝나면 본격적으로 요리를 하기 시작하는데 (조금 정신은 없지만) 그때부터가 진짜 신나는 시간이다. 오케스트라의 마에스트로가 되어 재료들을 진두지휘하는 것이다. '거기 조금 더 팔팔 끓도록!' '당근 써는 소리는 4분의 4박자로!' '소금은 좀더 라이트하게!' 역시 속으로만 생각해야 한다. 누가 보면 신고한다. 실은 혼자 요리를 하면 쉴 틈 없이 바쁘기 때문에 저런 쇼를 할 만한 여유가 없다. 다만 그 리듬을 몸소 느낄 수 있다. 악기를 연주하는 사람처럼 어떤 리듬에 의해 요리하고 있음을 느낄 수 있다. 그게 정말 즐겁다.

요리가 끝나면 가장 즐거운 시간이 찾아온다. 바로 시식 시간! 동시에 레시피가 만들어낸 결과물을 확인하는 시간이기도 하다. 레시피대로 만든 음식이기에 대부분은 맛있다. 한입 가득 물고 나면 시키지 않아도 흡족한 표정을 짓게 된다. 물론 실패할 수도 있다. 그런데 왜인지는 몰라도 내가 만든 음식은 다 맛있었다. 나 요리에 소질 있나봐.

요즘은 요리를 안 한 지 꽤 오래되었다. 그때보다 불안하지 않기 때문이다. 요리하는 것과 불안함이라는 감정이 비례한다면, 스무 살의 내가 그토록 요리를 많이 했던 건 그만큼 불안했기 때문이었던 것 같다. 정답이 있는 행위를 통해 안식을 얻기 위해서 말이다.

여전히 나는 미래가 불안하다. 앞으로 무엇을 해야 할지 모르겠고, 서른 살, 마흔 살의 내 모습이 기대되기보다는 두렵다. 젊음은 특권보다는 숙제로 느껴질 때가 많고, 어떻게 하면 더 나은 내가 될지에 대한 고민으로 머리가 터질 것도 같다. 그래서 지금도 여전히 '인생에도 레시피가 있었으면 좋겠다'고 생각한다. 일의 순서라도 알려줄 테니까.

레시피는 안식을 얻게 하지만 그렇다고 항상 맛있는 음식을 제공해주지는 않는다. 레시피를 무시했을 때 오히려 더 맛있게 된 적도 있고, 레시피대로 했지만 새까맣게 타거나 못 먹는 음식이 나온 적도 있다. 레시피를 따라도 실패하고, 레시피 없이도 맛있어질 수 있는 것. 그러니까, 한 치 앞도 예상할 수 없는 것. 그 누가 레시피를 준다고 해도 맛있는 음식이 만들어질 거란 보장은 없다. 그러니까, 애초에 인생에 레시피 같은 것은 없다. 일단 살아보는 수밖에 없다. 나만의 방법으로, 나만의 레시피로.

그럼에도 정 불안하다면 부엌으로 가자. 그리고 요리를 하자. 재료한테 말 걸고, 지휘하고, 만들어진 걸 입안에 넣으면 조금은 진정이 된다. 적어도 안식을 얻을 수 있을 거다. 아, 그러고 보니 이건 내가 찾은 인생 레시피다. 그래, 이렇게 만들어가면 되는 거다.

슈퍼우먼이
되고 싶은 엄마

몇 주 전, 엄마가 다시 운전을 배우겠다고 했다. 면허를 따고도 몇십 년간 운전대를 잡은 적이 없는 엄마였는데, 무슨 심정의 변화가 있었던 걸까. 갑자기 왜 운전을 하고 싶어졌냐는 질문에 엄마는 이렇게 대답했다.

"아빠가 운전을 못 하게 되어버리면 엄마가 해야 하니까."

아빠는 항암 치료 중이다. 상태는 계속 호전되고 있다고 하지만, 아픈 아빠를 보며 엄마는 혹시 모를 미래를 준비하고 있었다. 말문이 막혔다. 엄마가 다시 운전을 하겠다고 얘기했을 때, 무슨 바람이 불어서 운전을 하겠다는 거냐고 가볍게 웃어 넘겼었기에. 엄마가 운전을 하고 싶었던 이유는 무슨 바람이 불어서가 아니라

내 사람을 지키고 싶어서였다.

돌아보니 엄마는 아빠가 수술한 이후 전과는 달라졌다. 음식 재료를 고르는 데 신중해졌고 바쁜 와중에도 어떻게든 아빠와 함께 시간을 보내려 했고, 이젠 운전까지 배우고 싶어했다. 엄마는 더, 조금이라도 더 강해지고 싶은 것처럼 보였다. 마치 슈퍼우먼이 되고 싶은 사람처럼. 그 이유를 이제 깨닫는다. 엄마는 영웅이 되고 싶은 게 아니다. 그저 사랑하는 사람을 지키고 싶었던 것뿐이다.

누군가를 지킨다는 것에 대해 생각해본다. 그러니까, 내가 사랑하는 사람이 삶 앞에 무력할 때, 내가 할 수 있는 것들에 대해서. 나는 과연 그 사람을 위해 무엇을 할 수 있을까? 돌이켜보면 나는 늘 남이 아닌 나 자신을 지키고 싶어했던 것 같다. 엄마가 아빠를 지키기 위해 강해지려 했다면, 나는 나 자신을 지키기 위해 강해지고 싶었다.

내가 지키고자 한 것이, 잃기 두려웠던 것이 무엇인지는 잘 모르겠다. 두려움이란 형체 없는 막연한 감정이기에 지키고 싶은 것이, 잃고 싶지 않은 것이 무엇인지도 잘 모르면서 일단 강해져야만 내 목소리를 낼 수 있겠구나 싶었다.

때로는 이기적이다 싶은 행동을 '나 자신을 강하게 만들기 위한' 일이라 합리화하며 감행하기도 했다. 아마 그럴 때마다 주변 사람들을 섭섭하게 했는지도 모른다. 강해지기 위해선 그런 것쯤이야 가볍게 넘어갈 줄도 알아야 한다고 여겼던 것이겠지. 지구를 지키기 위해서라면 슈퍼맨 역시 사랑하는 사람에게 소홀해지는 것을 불가피하게 여기지 않았던가.

그러나 그것이 정말 강해지기 위한 행동이었나 다시 생각해보게 된다. 나는 내가 가장 사랑하는 사람들이 사라져가는 앞에서도 여전히 나 스스로를 지키려고 할까? 나를 강하게 만들겠다는 생각으로 불가피하게 주변에 입힌 상처들을 후회하지는 않을까? 정말 내가 지키고 싶은 게 무엇일까? 설령 내가 슈퍼맨이 된다 한들, 소중한 것들이 사라진 이후라면 그게 무슨 의미가 있을까? 아빠가 아프고 나서야 비로소 떠오른 질문들이다.

　사라지지 않는 것은 없다. 이 사실이 여전히 익숙하지 않은 이유는 내 곁엔 아직까지 가장 소중한 것들이 존재하기 때문이다. 그러나 나이를 먹을수록 그것들이 사라질 거란 사실이 피부에 와 닿는다. 소중한 사람, 소중한 장소, 소중한 기억들. 그리고 그 사실은 자꾸만 내게 준비를 하라고 한다. 30여 년 만에 다시 운전을 배우겠다는 엄마처럼.

　엄마는 요즘 미래에 대한 이야기를 많이 한다. 노후에 아빠와 어디서 살지, 10년 뒤 우리 가족의 모습은 어떨지, 우리가 바라던 일들은 이뤘을지. 과거가 아닌 미래를 얘기하는 엄마가 좋다. 엄마는 자신이 있어 보인다. 지금 가진 행복이 10년 뒤에도, 20년 뒤에도 계속 이어질 것이라는 것, 슈퍼우먼 엄마의 노력으로 결코 깨지지 않으리란 것을. 동화 속 마지막 페이지처럼 '오래오래 행복하게 살았답니다'가 될 것이란 것을.

　그래, 나도 지킬 수 있다면 뭐라도 하겠다. 지금이라도 늦지 않았으니까. 계획했던 것, 꿈꿔왔던 것, 내가 사랑하는 사람들과 차근차근 하나씩 이뤄내리라. 슈퍼맨이 되지는 못하더라도, 한 사람에게 가장 소중한 사람으로 남을 순 있지 않은가.

　슈퍼맨이 되지 않아도, 내 모습이 볼품없고 초라해도 좋으니 그 사람에게 가장 소중한 사람으로 남고 싶다. 지구는 못 지켜도 내 사람은 지키겠다. 그래야 내 삶의 마지막 페이지에 '오래오래 행복하게 살았답니다'를 적을 수 있을 것 같다.

두려움은 없다

　캄캄한 밤 괴한의 습격, 하수구에서 튀어나온 팔뚝만 한 쥐, 처음 보는 낯선 이국 음식, 오금 저리게 하는 높은 빌딩, 언제 무엇이 튀어나올지 모르는 공포 영화, 준비되지 않은 발표, 깜빡하고 잊어버린 중요한 약속, 갑자기 찾아온 부모님 건강의 적신호, 기상 악화로 흔들리는 비행기, 발밑으로 기어나온 바퀴벌레…… 또 뭐가 있을까, 나를 두렵게 하는 것들.

　두려움에 대하여 생각한다. 늘 준비되지 않은 상태에 찾아오는 불청객, 두려움 씨에 대하여.

　어쩌면 이 세계를 움직이는 힘은 두려움이 아닐까? 우리에게는 모두 죽는다는 두려움이 있다. 이 두려움을 극복하기 위해 열심히 먹고, 자고, 기도하고, 생활하는 것은 아닐까. 마치 죽음이 내 삶의 연장선에 있지 않기라도 한듯.

그렇지만 두려움은 늘 예상치 못한 때를 골라 불쑥불쑥 튀어나온다. 밥을 먹다 바퀴벌레를 발견했을 때처럼 말이다. 바퀴벌레를 보는 순간 알 수 없는 불쾌한 감정이 등골을 타고 올라오거나, 높은 빌딩에서 바라본 발아래의 풍경이 오금을 저리게 한 경험이 있다면 두려움이 어떤 감정인지 잘 알 것이다. 대개 우리가 경험하는 두려움이란 내게 해를 입힐 것 같은, 좀더 비약하자면 나를 죽음으로 몰 것만 같은 그런 것들이다. 실제로 그럴 가능성이 있든 없든 '나를 해칠 것 같다'는 생각이 앞서는 것, 그것이 바로 두려움이란 감정이다.

이 두려움이란 감정에는 재미있는 공통점이 하나 있다. 바로 '일어나지 않은 일'이라는 점인데, 우리는 볼 수 없거나 상상하기 어려운 것에 두려움을 느낀다. 검은 상자 안에 동물이나 물건 따위를 집어넣은 뒤 무엇인지 맞추게 하는 예능 프로그램 단골 게임을 생각해보면 두려움이란 감정을 떠올리기 쉬울 것이다. 출연자는 그 안을 볼 수 없기에 검은 상자 속 무언가에 두려움을 느낀다. '내가 혐오하는 동물이 손이라도 깨물면 어떡하지?' 그러나 상자 속의 정체가 공개되면 터무니없던 자신의 상상에 실소를 터뜨리게 된다. 대개 우리가 일상생활에서 느끼는 두려움도 그러하다. 처음 보는 낯선 이국 음식이나 공포 영화가 두려움을 불러일으키는 이유는 모두 일어나지 않은 일이기 때문이다. 그것들과 마주한 우리 자세는 검은 상자를 앞에 둔 출연자와 같다. 낯선 음식의 끔

찍한 맛, 공포 영화의 소름끼치는 장면 같은 것을 찾는 두려움이 손끝을 따라 상자 속을 휘젓는 것이다.

어렸을 때 나는 잠을 자기 위해 누우면 적어도 세 시간은 잠들지 못했다. 흉기를 든 괴한이 집으로 쳐들어와 우리 가족을 위협할 것 같았기 때문이다. 곤히 자는 누나를 깨워 울먹거리는 목소리로 '지금 누가 집에 들어온 것 같아'라고 속삭이면 '응, 네 친구 왔나보다' 하며 무시당하기 일쑤였다. 이런 무심한 누나지만 어찌됐든 구해야 한다는 사명감에 새벽이 되어서야 잠들었고, 눈을 뜨면 지난밤이 무탈하게 지나갔음에 안도했다. 귀신을 무서워해야 할 나이에 왜 괴한을 무서워했는지 모르겠다.

지금 와서 생각해보면 그런 두려움은 소중한 것을 잃을 수도 있다는 걱정에서 비롯된 것이었다. 가족의 부재를 상상하는 것은 내게 견딜 수 없는 두려움이었다. 아빠, 엄마가 없는 우리 가족은 상상도 할 수 없었다. 누나 또한 마찬가지다. 늦은 시간까지 누나가 집에 들어오지 않는 날이면 나쁜 상상을 멈출 수 없었다. 치고받고 싸우기도 많이 했지만 무사히 돌아와주기만 한다면 몇 대가 되었든 기꺼이 맞아줄 수 있을 것 같았다. 다행히도 대개 상상은 상상으로 끝났고 나이를 먹을수록 그런 상상에 눈물 흘리는 일도, 막연한 두려움에 휩싸이는 일도 줄어들었다.

그러다 최근, 아빠가 많이 아팠다. '아빠가 응급실에 갔고, 입원을 할 수도 있으니 알고 있으라'는 얘기를 들었다.

처음엔 그냥 가볍게 생각했다. 가벼운 복통이거나 맹장염 정도려니 했다. 어릴 적 나였다면 나쁜 상상을 멈추지 못해 그 자리에서 하염없이 눈물을 흘렸겠지만 지금의 나는 달랐다. 그만큼 아빠의 시간은 늘 영원할 것처럼 나와 함께 흘러왔다. 그래서 아빠가 금방 병원에서 나올 줄 알았다. 그러나 얼마 후 수술 얘기가 나왔고, 아빠가 암에 걸렸다는 청천벽력 같은 소식을 듣게 되었다. 어릴 적 나를 공포에 떨게 한 괴한은 몇십 년이 지나고서야 이런 식으로 찾아왔다.

나쁜 상상이 나를 에워싸기 시작했다. 하고 싶지 않았던(해서는 안 된다고 생각했던) 나쁜 생각들을 가정하고 지우기를 반복했다. 참으로 오랜만에 견딜 수 없는 두려움이 내 심장 한가운데를 파고들었다. 아빠는 내게 당연한 존재였는데, 사실 아빠도 사라질 수 있는 존재였다. 이건 더 이상 막연한 두려움이 아니었다. 실체가 명확한, 현실의 두려움이었다.

수술을 마친 아빠를 찾았을 때, 아빠는 어느 정도 회복이 되어 있었다. 다행히 수술을 무사히 마쳤고, 관리만 잘 한다면 80퍼센트까지 회복이 가능하단 얘길 들었다. 무사히 수술을 마친 아빠는 빠른 속도로 회복하고 있었지만 그럼에도 안도의 숨만 내쉴 수는 없었다. 아빠의 입에서 이런 말이 나왔기 때문이다.

"다행이다 싶더라고."

응급실에 가기 전날까지 아빠는 정신없이 제 몸을 굴렸다. 회사에서 생긴 문제들을 처리하고, 손주 돌잔치를 치르고, 집 문제를 해결하고…… 그렇게 자신이 해야 할 일들을 어느 정도 끝내놨다고 생각해서, 끔찍한 결과를 듣고도 제일 먼저 든 생각이 '다행이다'였다고 했다.

'아빠만 다행이면 다야?'라는 말이 턱 끝까지 차올랐다. 아빠는 해야 할 일을 다 했을지 몰라도 난 해야 할 일을 단 하나도 하지 못했는데. 전역하면 같이 여행도 가야 하고, 배우로 성공한 모습도 보여줘야 하고, 집도 한 채 사줘야 하고, 무엇보다 그 누구보다 행복하게 사는 내 모습을 보여줘야 하는데. 도대체 다행은 뭐가 다행이라는 거야.

앞서 말했듯 두려움이란 대개 아직 일어나지 않은 일을 가정하여 생긴다. 그래서 마음 같아서는 대수롭지 않게, 쿨하게 받아들이고 싶다. 일어나지도 않은 일에 감정을 쏟는 건 어리석으니까. 애초에 있지도 않은 감정을 잉태시켜 기어코 괴물로 만들어내고 싶지 않은 것이다.

그러나 정말 눈앞에서 소중한 것이 사라질 뻔한 경험을 하고 나니, 이건 어쩔 도리가 없는 감정이란 걸 알았다. 예의 없는 두려움 씨는 연락도 없이 찾아와 사정없이 내 마음을 두드린다. 열어줄 마음이 없는데 마음대로 쳐들어와서는 내게서 소중한 것을 빼앗아간다. 그 순간만큼은 그간 내가 겪은 그 어떤 두려움보다 그가 크고 무섭게 느껴진다.

그럼에도 나는 눈을 똑바로 뜨지 않을 수 없다. 그가 내게서 빼앗으려는 게 아빠니까. 세상에서 가장 사랑하는, 가장 잃고 싶지 않은, 잃어서는 안 되는 아빠니까. 나는 어떻게 되도 상관없으니 아빠만은 돌려달라고, 정말 소중한 것 앞에서 두려움은 그런 것이 된다. 제아무리 크고 험악한 괴물일지언정 아무런 힘도 쓰지 못하는 것. 애초에 존재조차 하지 않은 작고 하찮은 것.

소중한 것을 지킬 수만 있다면, 아빠를 지킬 수만 있다면, 내가 감당해야 할 두려움은 아무 상관이 없다. 하수구에서 튀어나온 팔뚝만 한 쥐도, 흔들리는 비행기도, 낯선 음식도, 그 무엇도 괜찮다. 그 녀석이 어떤 모습을 했든 나는 몇 번이고 검은 상자 안에 손을 집어넣을 것이다. 지켜야 하는 소중한 것 앞에서, 두려움은 없으니까.

1분이라도 더
꿈꾸고 싶다

"저는 이틀에 한 번 자요."

7년 전이었나, 8년 전이었나. 한비야는 한 인터뷰에서 이렇게 얘기했다. 대답이 너무 충격적이어서 질문이 뭐였는지는 기억조차 안 난다. 아니, 세상에. 사람이 무슨 이틀에 한 번만 자.

하필이면 늦은 오후, 그것도 열 시간 정도 잤나. 느지막이 깨어나 부은 눈을 껌뻑거리며 본 텔레비전 화면에 저런 얘기가 나오다니. 흐음, 내게 경고를 하는 걸까. 잠 좀 그만 자라고 말이야. 아니면 엄마가 일부러 저 채널을 틀어놓은 걸까. 뭐가 됐든 성공하셨수. 내게 자괴감을 느끼게 하려던 거라면.

이틀에 한 번 자는 인간과 하루에 열 시간 자는 인간. 의지 차이

인 걸까? 그렇다면 나는 완전 의지박약인가? 왠지 성공하는 사람들은 다 저런 생활 패턴을 가졌을 것 같다. 성공하려면 이틀에 한 번 자야 돼? 나 그냥 성공 안 할래. 다시 자야지.

아침잠의 유혹은 엄청나다. 그래서일까. 모든 인간은 아침이 되면 한없이 나약해진다. 큰 포부를 가지고 작성한 새해 버킷리스트도, 큰맘 먹고 잡아놓은 1교시 수업도 아침잠의 유혹 앞에선 처참하게 무릎을 꿇는다. 아침잠을 이길 수 있는 의지만 있다면 세상에 못할 일이 없을 텐데. 그래서 성공한 사람들은 잠을 많이 안 자나보다. 아아, 아무래도 이번 생에 성공하긴 글렀다.

잠은 왜 잘까? 인간을 포함한 모든 동물은 잠을 잔다. 누워서 자는 건 물론이요, 서서 자거나 눈을 뜨고 자거나 심지어는 뇌의 반만 수면 상태인 개체도 있다고 한다. 잠이 없기로 유명한 나폴레옹도 워털루 전투에서 졸음을 이기지 못해 잠들었다던데, 전쟁통에도 뿌리칠 수 없는 잠의 존재 이유는 도대체 뭐란 말인가?

과학적으로는 살기 위해서란다. 잠을 자는 동안 우리 뇌는 깨끗이 세척되며 활동하는 데 필요한 에너지를 보충한다고 한다. 굶는 것보다 잠을 자지 않는 것이 훨씬 더 빨리 죽는다는데, 과로사나 돌연사 같은 죽음이 이에 해당된다. 면역력과 관련된 기관들의 활동 능력이 급격하게 떨어지기 때문에 죽을 확률이 훨씬 더 높아진다나 뭐라나. 내가 잠을 참을 수 없는 데는 다 이유가 있었어. 난 살고 싶었을 뿐이었던 거야. 앞으로 누군가 날 깨우면 살려달라고 해야지.

허나 진짜 이유는 생존 본능과는 거리가 있는 것 같다. 살고 싶다는 생각 때문에 더 자고 싶었던 적은 없었다. 내가 자고 싶은 이유는 잠의 치명적인 유혹 때문이다. 녀석 앞에선 불가항력이 되어버린다. 그처럼 거대하고 풍만한 달콤함에 어찌 내 한 몸 바치지 못하리. 아침에 1분 더 자서 어디에 써먹겠는가. 저항할 수 없이 빠져들 뿐이다. 그 순간만큼은 영혼이라도 바칠 기세로.

눈치챘겠지만 나는 정말 잠이 많다. 여행을 다닐 때도 잠을 자느라 일정을 포기했던 적이 한두 번이 아니다. 해가 중천에 뜨면 그제야 눈을 뜨고 한숨을 푹푹 내쉬었다. 일정을 놓친 건 둘째 치고 저 자신에게 적잖이 실망스러웠다. 아침에 일어나지도 못하는 놈이 더한 일은 해낼 수 있겠어? 하고 반성하기가 무섭게 이튿날 또다시 늦게 일어난다. 그래 놓고 '아, 파리까지 와서 늦잠이나 자고…… 나 꼭 현지인 같아!'라며 정신 승리! 아아, 어쩌면 내 여행은 전부 정신 승리의 연속이었는지도 몰라.

학교 다닐 때도 마찬가지였다. 커다란 포부를 가지고 1교시 수업을 신청해놨다가 늦잠 때문에 가지 못했던 게 한두 번이었던가. 그 교훈으로 2학년 때부턴 절대 오전에 수업을 넣지 않았더랬지. 덕분에 그동안은 완벽한 올빼미 생활을 했던 것 같다.

물론 그냥 잠이 많은 건 아니다. '아침잠'이 많은 거다. 엄밀히 따지자면 그렇다고요. 잠의 총량만 따져보면 다른 사람들과 비슷할 것이다(이렇게 또 정신 승리를 한다).

아침엔 왜 이리 일어나기가 힘든 것일까. 그야 물론 '전날 밤에 안 자고 딴짓했으니 그렇지'가 가장 정답에 가깝겠지만, 쉿, 우리 그런 뻔한 대답은 하지 맙시다. '부조리한 세상인데 눈떠봐야 뭐

하겠어' 같은 대답은 좋긴 한데 내 글에는 어울리지 않으니까. 그렇다면 이런 대답은 어떤가. 나는 꿈을 꾸고 싶을 뿐이다. 1분이라도 더, 꿈을 꾸고 싶을 뿐이다. 오호, 제법 그럴싸하다.

일상의 현실이 괴롭기만 한 것은 아니다. 눈을 뜨면 사랑하는 사람들을 만날 수 있고, 보고 싶은 영화나 책도 마음껏 볼 수 있다. 물론 쳇바퀴처럼 돌아가는 지루한 일상을 견뎌야 하기도 하고, 때론 밥을 먹다 씹힌 돌멩이처럼 찝찝한 일들도 적잖이 경험하지만, 그럼에도 현실은 보고 듣고 만질 수 있기에 아름답다.

누구나 꿈을 꾼다. 꿈을 꾸지 않는 사람은 없다. 잠을 자지 않는 사람은 없으니까. 현실에서는 채울 수 없는 무언가가 있다는 증거다. 꿈을 꾸는 이유에 대해서는 워낙 많은 학설이 존재하지만, 내가 생각하는 꿈꾸는 이유는 한 가지, 그것만이 완전한 휴식이기 때문이다.

꿈은 그 무엇도 차별하지 않는다. 그곳에선 슈퍼맨이 될 수도, 원더우먼이 될 수도, 백만장자가 되어 좋아하는 연예인과 결혼을 할 수도, 세계 일주를 다닐 수도 있다. 현실에선 목숨을 내놔도 힘든 일들이 꿈속에선 너무도 쉽게 현실이 된다. 내일 죽을 것처럼 아픈 사람에게도, 건강한 사람에게도, 가난한 사람에게도, 부유한 사람에게도 꿈의 세계는 공평하다. 완전한 휴식이란 이런 세계 속에 놓인 것을 뜻한다. 그 무엇도 눈치 볼 것 없이 온전한 내가 될 수 있는 상태 말이다.

그래서 나는 더 꿈꾸고 싶다. 꿈속이 더 아름답기 때문이라기보다는 완전한 휴식을 경험할 수 있는 유일한 시간이니까. 현실은 제아무리 아름다워도 제한된 휴식만을 허락하니까. 형체가 없는 꿈이어도 괜찮다. 잠을 자는 행위 자체가 나 자신을 무의식의 세계로 던지는 일이니 완전한 휴식을 향한 티켓이 되어주는 셈이다. 싫어하는 사람을 때려죽여도 괜찮은 세상, 사랑했던 사람을 깨끗이 잊을 수 있는 세상, 원하던 목표를 이룬 세상, 걱정이라곤 눈을 씻고 봐도 찾아볼 수 없는 그런 완전한 세상 속에 단 1분만이라도 더 몸을 뉘이고 싶다. 써놓고 보니 아침에 일어나기 싫은 이유치고 쓸데없이 거창하다. 그래도 가끔은 이런 정신 승리도 필요한 법!

다들 너무 치열하게 산다. 적게 자는 것을 부러워하는 나만 봐도 그렇다. 잠이 우리를 완전한 휴식의 세계로 던져준다고 생각하면서도 늦게까지 일어나지 않는 나 자신을 한심하게 생각하지 않는가. 그러니 우리 "1분만 더 자게 내버려둬"라는 사람에게 "1분 더 자서 뭐하게!"라며 꾸짖지 말자. 잠을 많이 잔다고 해서 게으른 사람 취급하지도 말자. 단지 꿈꾸고 싶을 뿐이다. 못 자게 할 거면 꿈을 이뤄주시든가.

3부

소소한,
지극히
사사로운

빙수
좋아해요?

내 사랑 '빙수'에 대한 이야기를 써볼까 한다. 나는 빙수를 정말 좋아한다. 요즘엔 녹차빙수, 딸기빙수, 자몽빙수 등 정말 많은 종류의 빙수가 나오는 바람에 빙수의 정체성이 좀 애매해졌지만, 그래도 빙수는 역시 팥빙수다.

팥빙수에서 가장 중요한 재료는 물론 팥이다. 빙수 전문점 설○의 출현으로 마치 빙수의 핵심이 곱게 갈린 달콤한 얼음인 양 되어버렸지만, 그래도 여전히 팥빙수의 화룡점정은 팥이다. 어떤 카페에서는 팥이 없는 팥빙수를 팔기도 한다. 달콤한 우유 얼음만 먹으라는 건 팥빙수에 대한 모욕이다.

팥에도 등급이 있다. 마트에서 파는 시판 통조림 팥은 F등급쯤 되겠다. 통조림 팥인지 아닌지 구분하는 방법은 매우 간단하다. 코끝을 찌르는 저렴한 단맛이 난다면 그건 통조림 팥이다(아마 보존상의 이유로 설탕이나 조미료를 잔뜩 넣었겠지). 대부분의 대형 프랜차이즈 카페에선 이런 시판 통조림을 사용한다. 아무래도 간편하고 저렴하니까. 이렇게 만들어진 팥빙수는 함께 올라가는 다른 재료도 좋을 리 만무하다. 밀가루 떡이나 젤리, 대충 갈아넣은 얼음, 연유 몇 번 뿌려주면 끝이다. 그 위에 아이스크림 한 덩이 올리고 그럴듯하게 장식만 해주면 사람들은 사진을 찍어 인스타그램에 업로드한다. #빙수맛집 같은 해시태그와 함께. 이러니 맛없는 팥빙수가 계속해서 순환될 수밖에. 때문에 겉으로 그럴싸한 빙수 사진만 보고 막상 가게를 찾아가면 맛은 놀랍도록 형편없다. 실제로 내가 일했던 카페에서도 이런 식으로 팥빙수를 만들었다. 만원에 가까운 돈을 받으면서.

그렇다면 A급 팥이란 무엇이냐. 당연히 카페 앞마당에서 정성스레 직접 기른 유기농 팥을 24시간 동안 쒀서 만들어낸 팥이겠지만, 직접 팥을 기르는 카페는 없을 것이다. 그러나 직접 팥을 쒀는 가게들은 있는데, 그런 곳은 맛이 없을 확률이 굉장히 낮다. 이런 집은 생각보다 많지 않다. 팥빙수도 하나의 요리라고 본다면 직접 팥을 쒀야 하는 건 너무 당연한 일이 아닌가. 그러나 직접 쑨 팥은 프리미엄으로 취급받는다. 개탄할 일이다.

가장 기억에 남는 것은 홍대의 어느 팥 전문점 빙수다. '팥이 맛있다'는 모 잡지의 기사만 읽고 찾아간 카페의 외관은 기대와 달리 매우 작고 허름했다. 테이블 두 개가 전부인 데다 주인아주머니

혼자 제조부터 매장 관리까지 책임지고 있는 듯했다. 빙수는 중간 크기가 6000원, 큰 게 8000원. 매우 합리적이다. 요즘 카페에서 형편없는 빙수를 만 원 주고 사먹어야 하는 것을 생각하면 저렴하다고까지 느껴진다. 메뉴는 팥빙수와 녹차빙수뿐이고(팥의 자부심이 느껴지는 심플한 메뉴 구성이다), 팥 전문점이다보니 팥죽이나 팥으로 만든 떡 같은 것도 판매하고 있었다.

나는 중간 크기의 팥빙수를 하나 주문했다. 6000원짜리 팥빙수는 일반 카페의 만 원짜리 빙수와 거의 양이 비슷했다. 모양은 옛날 팥빙수 그대로다. 우유 얼음이 아닌 물을 얼린 얼음 위에 연유를 뿌리고 그 위에 팥을 듬뿍, 그리고 떡 두세 개를 올린 것이 끝. 크게 떠서 입안 가득 집어넣어보았다. 오호, 팥이 달지 않고 고소하면서도 혀끝에 착 감기는 것이, 이곳은 정말 제대로 팥을 쑤는 곳이구나 싶었다. 그동안 우유 얼음에 길들여진 혓바닥에 커다란 깨달음을 안겨주는 맛이었달까. 얼음도 아이스크림도 지극히 평범했지만, 팥이 모든 걸 끝내버렸다. 심지어 고명으로 올라간 떡마저 팥 못지않게 맛있다. 감동이다. 서울에서 이런 가격, 이런 질의 빙수를 먹을 수 있다니. 무엇보다 팥을 직접 쒔다는 이유로 프리미엄 행세를 하지 않았다. 마치 오십 년이 넘은 국밥집에서 당연하다는 듯 매일같이 번거로운 과정을 거쳐 맛있는 국밥을 만들어내듯이. 빙수 그릇을 깨끗이 비우고 아주머니에게 가져다드리니 "팥이 모자라진 않으셨어요?" 하고 묻는다. 원한다면 팥을 무한으로 제공해주는 것 같았다. 팥렐루야. 문밖을 나서는 순간 여긴 또 오겠구나 싶었다. 작고 허름한 외관만 보고 들어가길 주저

했던 아까의 나는 온데간데없었다.

빙수를 광적으로 좋아했던 건 스무 살 무렵이다. 나는 뭐 하나에 꽂히면 끝장을 보는 성격인데, 음식도 예외는 아니다. 어느 정도로 좋아했냐면, 아침에 눈뜨면 제일 먼저 하는 일이 빙수 기계로 얼음을 가는 일이었다. 그렇게 삼시세끼 빙수를 먹었다. 배탈도 났다. 빙수를 파는 곳이라면 혼자라도 가서 한 그릇을 해치우기도 했다(마치 국밥 비우듯이). 그 정도로 좋아했다.

내가 가장 좋아하는 건 내가 직접 만든 빙수였다. 레시피는 간단하다. 얼음을 열심히 간 뒤, 팥과 시리얼(개인적으로 스페셜 K 오리지널을 가장 좋아했다), 그리고 각종 견과류를 올리고 우유를 부어 먹는다. 때로는 직접 쑨 팥을 올리기도 했지만, 어쩔 수 없이 통조림 팥을 올린 적도 많다. 얼음에 팥, 바삭한 시리얼과 견과류, 이게 내가 가장 좋아하는 조합이다. 삼시세끼 이것만 먹었다니, 그때의 내가 새삼 괴기스럽게 느껴진다.

성신여대 근처에도 정말 좋아하는 빙수 가게가 하나 있었다. 직접 쑨 팥을 사용하는데, 빙수 맛이 매우 깔끔하고 담백해 혼자 가서 몇 번이나 먹었을 정도다. 최근에 그곳 빙수가 너무 먹고 싶어 찾아갔더니 주인아주머니께서 미안한 미소를 지어 보이며 "빙수 기계 관리가 너무 힘들어서요. 그렇다고 그냥 팔기엔 좀 그러니까(양심에 찔리니까) 당분간은 안 하려고요"라고 하시기에 발걸음을 돌릴 수밖에 없었다. 아주머니의 양심선언을 듣고 나니 어쩐지 그 빙수가 더욱더 그리워졌다. 그동안 그곳에서 먹었던 빙수는 그런 양심 속에서 정성스럽게 만들어진 것이었을 테니까.

스파게티
맛있게 먹는 법

여행을 다녀와서 가장 많이 듣는 질문 중 하나는 이거다. "가장 맛있게 먹은 음식이 뭐야?"

맛있는 음식을 좋아하긴 하지만, 늘 한정된 예산으로 꽤나 긴 여행을 하다보니 먹고 싶은 음식을 다 먹으며 여행하지는 못했다. 질문을 한 이들이 기대한 대답은 '베니스의 곤돌라를 바라보며 먹은 이태리 피자 한 조각'이라든지, '방콕의 유명한 그 식당에서 먹은 엄청 맛있는 팟타이' 같은 것이겠지만 사실 그런 건 기억에 잘 남지 않는다. 결국 내 대답은 이렇다. "내가 만든 파스타가 제일 맛있더라."

뜬금없이 웬 파스타야, 싶지만 다 그럴 만한 이유가 있다.

알뜰한 여행의 필수 조건은 여행 경비를 아껴 쓰는 것이기에 식비를 줄이는 것은 필연적인 선택이었다. 그래서 마트에서 재료를 사다 숙소에서 직접 해 먹을 때가 많았는데 가장 만만한 메뉴가 바로 파스타였다. 면을 삶고 토마토 페이스트만 부어주면 완성되는 게 파스타이다보니 여행 중 파스타는 사랑받는 메뉴일 수밖에 없었다. 더군다나 아시아권을 제외한 국가에서는 쌀을 찾아보기 힘들었고, 찾는다 해도 그동안 먹었던 밥맛과 달라 먹고 싶지 않았다. 상황이 이렇다보니 파스타는 당연한 선택이었다. 고기나 채소를 넣으면 훌륭한 요리가 되는 건 물론, 와인이나 시원한 맥주 한잔까지 곁들이면 고급 레스토랑 부럽지 않았다. 매콤한 고추 몇 개 썰어넣어 매운맛까지 더해주면 고향 음식에 대한 그리움까지도 잠시나마 달랠 수 있는 음식, 그게 바로 파스타였다.

우리가 보통 알고 있는 파스타는 아무래도 스파게티일 것이다. 기다란 국수 모양의 밀가루 면으로 만들어진 쫀쫀한 식감의 그것 말이다. 물론 스파게티가 대표적이긴 하지만 파스타에는 동글동글한 마카로니나, 넙죽한 페투치니, 리본 모양의 파르펠레 등 다양한 종류가 있다. 그래도 나는 역시 후루룩 먹을 수 있는 스파게티가 가장 좋다.

여행 중 정말 많은 곳에서 스파게티를 해 먹었는데, 그중 가장 기억에 남는 건 크로아티아 스플리트에서 먹었던 '슈퍼문 스파게티'다.

친구와 함께 발칸반도를 여행하던 중, 한 달이 조금 넘었을 무렵 어떤 사건 때문에 크게 싸웠다. 눈앞에는 푸르른 아드리아해가 펼쳐져 있고, 하늘은 바닐라 빛으로 녹아내리고 있었지만 그런 것 따위 아무런 위로가 되지 않았다. 해가 완전히 질 때까지 우린 아무 말도 하지 않은 채 숙소로 돌아왔다. 이쯤에서 따로 여행을 할까, 그런 생각까지 했던 것 같다.

그날은 슈퍼문이 뜨는 날이었다. 달이 지구와 가장 가까워졌을 때 나타난다는 가장 크고 둥근 보름달, 슈퍼문. SNS는 온통 슈퍼문 얘기로 떠들썩했다. 숙소로 돌아오는 길, 아드리아해 위로 덩그러니 얼굴을 드러낸 슈퍼문을 바라봤다. 평소보다 몇 배는 더 밝아진 밤이었지만, 어쩐지 우리 사이는 몇 배 더 새까맣게 탄 것 같았다. 숙소에 돌아온 우리는 애꿎은 휴대전화를 만지작거리며 어색한 공기만을 나눠 마셨다.

삼십 분이 지났을까. '꼬르륵', 어처구니없는 소리가 정적을 깼다. 그러고 보니 우리 둘 다 하루 종일 제대로 된 음식을 먹지 못했다. 감정까지 소모해버렸으니 배가 고플 만도 했다. 스파게티를 만들기 시작했다. 내가 남아 있던 반쪽짜리 양파를 꺼내 썰자 친구는 자연스레 물을 올리고 스파게티면을 삶았다. "거기 도마 좀 줄래?" "면 다 익었는지 좀 봐줘" "고기 더 넣을까?" 양파 써는 소리, 물 끓는 소리, 마늘 볶는 소리가 음률을 타고 흘러나왔다. 어느 순간 우리는 그 음악 속에 동화되고 있었다.

완성된 스파게티를 들고 방으로 돌아와 맥주 한 캔을 땄다. 그동안 여행을 다니며 해 먹었던 스파게티 중 최고로 맛있었다. 창밖에는 슈퍼문이 크게 빛났다. 달이 언제부터 저렇게 컸나 싶을 정도로, 곧 지구를 향해 다가오기라도 할 것처럼.

어느새 우린 자연스럽게 대화를 하고 있었다. 나도 모르는 새 지구에 가까워진 슈퍼문처럼. '슈퍼문 스파게티'의 위력이었다.

어렸을 적엔 소스 맛이 강한 파스타를 좋아했는데 나이를 먹을수록 기본에 충실한 파스타가 좋다. 특히 눈에 띄는 점은 크림 파스타에서 토마토 스파게티로, 그리고 이제는 알리오 올리오 같은 올리브 오일 스파게티로 취향이 변했다는 것이다. 최소한의 간으로 탱글탱글한 면 본연의 맛을 살려낸 파스타가 좋다. 두브로브니크에서 먹은 알리오 올리오는 스파게티면에 마늘, 올리브유, 후추로 약간의 간을 한 게 전부였는데 '인생 파스타'로 등극했다. 정말 잘하는 집은 이렇게 파스타를 있는 그대로 내놓아도 맛있는 법이다. 물론 '기본적인 파스타'가 가장 어려우니 쉽게 만들지 못하는 거겠지만. 왜, 초밥집의 수준은 다마고(달걀말이)가 판가름한다고 하지 않는가. 가장 쉬워 보이는 것이 가장 어려운 법이다.

아마도 세상엔 맛있는 스파게티가 수없이 많을 것이다. 5성급 호텔의 특급 셰프가 만든 금가루 뿌린 파스타도 맛있을 테고, 미슐랭에서 별 세 개를 받은 유명 레스토랑의 파스타도 분명 맛있을 것이다. 그럼에도 스파게티를 가장 맛있게 먹을 수 있는 방법은 배고플 때 먹는 거라는 것!

누가 내게 스파게티를 맛있게 먹는 법을 묻는다면 이렇게 대답하고 싶다. 일단 하루 종일 아무것도 먹지 않고 걷다가 친구랑 싸우고, 쓸데없는 감정 노동으로 진을 뺀 다음 직접 해 먹으세요.

그곳에 두고 왔기
때문이야

"여행을 왜 해?"

질문을 듣는 순간 머릿속에 수많은 생각이 스쳐 지나갔다. 왜, 뭔가 그럴듯한 대답을 해야 할 것만 같잖아. 단순히 맛있는 걸 먹고 멋있는 풍경 보러 다니는 게 좋다고 하면 너무 철이 없어 보이지 않을까. 그렇다고 '진정한 나 자신을 찾기 위해' 같은 대답은 너무 낯간지러운 데다 상투적이다. 그러고 보니, 그게, 그러게 말이다. 나는, 왜 여행을 하지?

고등학교 1학년, 그러니까 내가 열일곱 살이 되던 해 여름방학, 가메아리龜有에서 한 달간 살았던 적이 있다. 가메아리는 도쿄 외곽에 위치한 작은 마을인데, 「여기는 가츠시카구 가메아리 공원

앞 파출소」라는 만화의 배경이 된 것 외에 별다른 특징을 찾아볼 수 없는 곳이다. 우리나라로 치면 내가 살고 있는 방학동 정도랄까. 방학동은 서울이긴 하지만 오히려 경기도와 더 가까운, 서울 외곽에 위치한 조용한 동네다. 가메아리도 그런 조용하고 조그만 동네였다.

왜 하필 가메아리였냐고 묻는다면 별달리 할 말이 없다. 학교에서 여름방학을 맞이해 한 달간 일본에서 일어를 배울 학생들을 모집했고 그걸 신청한 게 다였다. 비행기는 나리타 공항에 착륙했고, 나를 비롯한 두 친구는 낯선 버스를 타고 낯선 도로를 지나 가메아리에 도착했다. 눈앞에는 '화이트 맨션'이라는, 연식이 조금 돼 보이는―전혀 화이트 하지 않았던―건물 한 채가 서 있었고, 그곳이 우리가 앞으로 한 달간 묵게 될 숙소였다. 그렇게 가메아리 주민이 되었다.

조금 더 거슬러 올라가 왜 일본에 갈 생각을 했느냐 묻는다면 할 말이 꽤 많다. 당시엔 '나중에 일본 대학에 갈 것을 대비해서' '일본의 만화 산업을 직접 체험하기 위해서'―당시 나는 애니메이션 고등학교에 재학 중이었고, 만화를 전공했다―같은 그럴싸한 이유를 댔지만 진짜 목적은 다른 데 있었다.

그냥 가고 싶었다. 해외여행! 기회가 닿는다면 어디든 그냥 떠나보고 싶었다. 그렇기에 일본에 갈 수 있는 기회는 절대 그냥 흘려보낼 것이 아니었다. 물론 일본에서 한 달을 생활하는 것이 가족들에겐 꽤 큰 부담이었을 테다. 그러나 일본에 있는 내 모습을 상상하면 가슴이 터질 듯 설렜기에 욕심내지 않을 수 없었다. 물

론, "일본어를 공부해야 해서요"라고 설득하긴 했지만.

아침이면 친구들과 함께 숙소 앞 대형마트에서 장을 보고 아침밥을 해 먹었다. 아침을 먹고 나면 동네를 산책한다. 가메아리에서는 너무나 일상적인 풍경이 우리에겐 잔잔한 일본 영화 속 장면으로 비쳐진다. 아니, 어떻게 빨래 따위가 예쁠 수 있단 말인가. 주차 금지 표지판도 떼어다 집에다 걸고 싶다. 모든 게 새로웠다.

저녁에도 산책은 계속됐다. 운이 좋으면 가끔은 마을 공터에서 축제 중인 주민들도 만날 수 있었다. 심오한 비트에 몸을 맡겨 추는 춤도 심오하다. 언젠가 한번은 인상 좋은 할아버지에게 라무네(구슬이 들어 있는 일본식 사이다)를 얻어 마실 수 있었다. 라무네 할아버지는 껄껄 웃다 그만 틀니가 빠졌다. 그러고는 아무 일 아니라는 듯 다시 틀니를 장착하고 찡긋 웃어 보이셨는데, 다시 그 장면을 떠올리자니 어쩐지 B급 코미디 영화 같다. 하나비(불꽃 축제)가 열리는 날엔 미리 사둔 저렴한 유카타를 차려입고 불꽃놀이를 구경하러 가기도 했고, 열대야를 견디지 못할 땐 시원한 음료와 케이크를 사들고 옥상에 침입해 야경을 바라보며 더위를 식히기도 했다. 비가 오는 날엔 부침개를 부쳐 먹거나 집 안에 틀어박혀 하루 종일 그림을 그리기도 했다. 그런 식이었다. 일어나서 밥을 먹고, 산책을 하고, 구경을 하고, 그림을 그리고. 가끔 하나비나 틀니 할아버지 같은 이벤트도 즐기고. 특별할 것 없는 조용하고 평범한 마을인 가메아리는 그렇게 특별한 추억으로 가득 채워져갔다. 시간이 정말 금방 지나갔다. 한 달이란 시간이 이렇게나 짧았나 싶을 정도로.

돌아와서 한동안은 현실에 적응할 수가 없었다. 같이 갔던 친구 한 명이 젓가락을 거꾸로 든 채 반찬을 집어올리는 모습을 보니 정신 못 차리는 건 나뿐만이 아니구나 싶었다. 다들 가메아리에서 헤어나오지 못하고 있었다. 그때 느꼈다. 그곳에 무언가를 놓고 왔다는 것을. 그렇지 않으면 실연당한 사람처럼 이렇게 정신이 나가 있을 리 없을 테니까.

후유증이 가실 때쯤 우린 입을 모아 말했다. "또 여행 가고 싶다." 우리가 하고 온 것이 여행이었구나를 깨달은 건 그때 즈음이었다. 우리가 가메아리에서 한 달간 한 일은 어학연수도, 문화 체험도 아닌, '여행'이었다.

그때부터 여행에 대한 꿈을 가슴속 깊이 품게 되었다. 바쁘게 흘러가는 일상 속에서도 가메아리에 두고 온 그것이 자꾸만 떠올랐다.

그 이후로도 계속해서 여행을 다녔다. 그리고 열일곱의 내가 그러했듯 지금도 나는 내가 다닌 여행지 어딘가에 무언가를 두고 왔다는 느낌을 받는다. 아무리 생각해도 그 정체는 알 수 없지만 아릿한 감정이 지워지지 않는다.

여행은 심장 한 부분을 그곳에 떼어두고 오는 것이다. 몬테네그로의 어느 허름한 유스호스텔의 냄새나는 낡은 침대 위에, 두브로브니크의 이름 모를 식당의 꽃무늬 파스타 접시 위에, 무이네의 하얀 사막 뒤로 붉게 타오르는 석양 속에 심장 한쪽을 두고 오는 것이다. 그래서 다시 현실로 돌아왔을 때, 그곳을 떠올리면 심장 어딘가 한 구석이 아려온다. 그곳에 대한 아득한 기억만이 머리 위를 감싸면서 말이다.

지금도 나는 늘 여행을 꿈꾼다. 아무도 모르는 낯선 곳에 던져져 이번엔 심장뿐 아니라 내 모든 것을 두고 오고 싶다는 충동에 사로잡힌 채 말이다.

게으른 게 어때서

오키나와로 여행을 다녀왔다. 여행지로 오키나와를 선택한 이유는 단순했다. 쉬고 싶어서.

이름 모를 낯선 곳의 초대받지 않은 손님이 된다. 골목 귀퉁이 어딘가에서 들려오는 고양이 울음소리에 발걸음을 재촉하다보니 눈부시게 맑은 에메랄드빛 바다가 기다리고 있다. 볕에 달궈진 하얀 모래에서는 갓 구운 식빵 냄새가 난다. 고개를 돌리니 백사장 위 작고 허름한 카페 하나가 눈에 띈다. 카페 문을 열자 은은한 풍경 소리가 가득 번진다. 가벼운 미소로 인사하는 주인아주머니를 지나쳐 제법 사연이 있어 뵈는 낡은 나무 의자에 앉아 주문을 한다. 오픈 샌드위치(아보카도 맛)와 차가운 커피 한 잔. 창밖으로는 에메랄드빛 바다와 코발트블루의 하늘이 엽서처럼 펼쳐져 있다. 노트를 펴고 가벼운 글을 끼적인다. 한입 베어 문 아보카도 샌드위치와 물방울이 송골송골 맺힌 글라스. 끝없는 에메랄드빛 바다와 귓바퀴를 따라 춤추는 은은한 풍경 소리. 접시 위의 샌드위치가 줄어들수록, 푸른 하늘이 바닐라빛으로 녹아내릴수록, 형용할 수 없는 깊은 충만함이, 영원할 것 같은 아름다움이 온몸에 스며든다.

해가 뉘엿뉘엿 저물어갈 즈음, 나무 냄새가 나는 숙소로 돌아간다. 따뜻한 물로 샤워를 마치고 냉장고에 넣어뒀던 차가운 맥주를 꺼낸다. 불을 끄고 영화 한 편의 오프닝 시퀀스에 맞춰 맥주 캔을 딴다. '치익' 하는 경쾌한 소리가 난다. 잠시 동안 그 공간은 나만을 위한 심야 영화관이 된다. 영화가 중간쯤 흘렀을까, 외로움이 찾아올 틈도 없이 알코올의 진한 향은 나를 꿈속으로 데려간다. 달빛이 스며든 창, 스크린 속 영화는 메아리처럼 정처 없이 돌아가고, 나는 무의식의 그 어딘가 깊고 아름다운 곳으로 사라져버린다.

이것이 내가 오키나와 여행을 계획한 이유다. 한마디로, 쉬고 싶어서.

내가 아는 오키나와에는 이런 꿈을 실현시켜주리라는 세 가지 확신이 있었다. 우선 넓고 아름다운 에메랄드빛 바다가 있고, 작고 조용한 카페가 수없이 많으며, 일본 그 어느 지역보다 밝고 친절한 사람이 많다는 것. 더군다나 휴양지치고는 세부나 괌, 코타키나발루보다 훨씬 가깝고, 그간 여행을 많이 다닌 (부담 적은) 일본이기까지 했다. 아름다운 바다를 마주한 채 하루가 가는 줄 모르고 책을 읽거나 글을 쓰거나 그림을 그릴 수 있는 장소로 오키나와보다 마땅한 곳은 없어 보였다. 그래서 나는 오키나와로 떠났다.

그러나 나는 쉬지 못했다.

오키나와에서 지냈던 3박 4일, 첫날 출발부터 피곤했다. 나는 아무 이유 없이 출국 전날 잠을 자지 않았다. 긴장되거나 설레어서가 아니다. 그냥 아무 이유 없었다. 그렇게 두 시간 정도 눈을 붙였을까. 그 상태로 공항으로 향했으니, 내가 여행을 떠나는 건지, 일을 하러 가는 건지 헤롱헤롱할 수밖에.

그렇게 두 시간을 날아 도착한 오키나와의 나하 공항은 뜻밖의 습한 더위로 나를 맞이했다. 첫날은 차를 렌트하지 않고 나하 시내나 슈리성 일대를 뚜벅이로 구경할 예정이었는데, 날을 완전히 잘못 고른 것 같다는 불길한 예감이 들었다.

불길한 예감은 적중했다. 정말이지 더워서 죽는 줄 알았다. 남국의 날씨를 우습게 봤음을 두고두고 반성하게 만드는 날씨였다. 초가을 옷을 입고 있었으니, 패션 또한 미쳤음이 분명했다. 첫날부터 차를 렌트하지 않은 것을 매 초 후회했다. 에메랄드빛 바다는 얼어 죽을, 이 더위만 가시게 해준다면 인천 앞바다로도 만족할 수 있겠다 싶었다. 내가 머릿속으로 그려왔던 오키나와 여행과 현실 오키나와 여행 사이의 깊고도 험한 간극이 느껴지며 코웃음이 나왔다. 뭐? 아보카도 샌드위치가 어째? 은은한 풍경 소리는 무슨. 그 와중에 열심히 셀카봉으로 인증샷을 찍어 행복한 척 SNS에 업로드하는 내 모습은 불쌍하기까지 했다. 그리고 끊임없이 되뇌었더랬지.

'괜찮아, 첫날이잖아.'

차를 렌트한 둘째 날은 사정이 조금 나아지긴 했다. 더운 날 걷지 않는 것이 얼마나 큰 축복이던지! 게다가 원하는 곳이 있으면 마음껏 찾아갈 수도 있었다.

그러나 그 점이 곧 나를 옥죄었다. 첫날을 '버렸다'고 생각해서인지 남은 2박 3일은 아주 뽕을 뽑아야겠다 싶었다. 이때부터 내가 그려왔던 오키나와 여행은 아예 물 건너갔다. 어디 한곳에 진득하게 앉아 책을 읽거나 글을 쓸 여유 따위는 없어졌으니까.

셋째 날도 다를 게 없었다. 아침엔 북부 지역에 갔다가 오후에는 남부 지역에 갔다. 이 거리만 해도 왕복으로 200킬로미터가 넘는다. 보통 이틀에 나눠서 가는 곳을 그냥 하루 만에 다 다녀온 것이다. 나는 내가 그토록 혐오하던 '찍고 오는 식'의 여행을 하고 있었다.

눈앞엔 내가 그토록 바랐던 에메랄드빛 바다, 예쁜 카페, 친절한 오키나와 사람들, 모든 게 있었다. 그러나 그것들은 꼭꼭 씹기도 전에 목구멍으로 삼켜지기에 바빴다. 이윽고 내게 무엇이 없는지 깨달았다. 마음의 평화, 가장 중요한 마음의 평화가 없었다.

좋은 기억으로 남아 있는 지난 여행들을 떠올려봤다. 도쿄 가메아리의 동네 산책이 좋았고, 방콕의 낯선 시장 풍경이, 호수가 펼쳐진 잘츠캄머굿트의 도보 여행이 좋았으며, 코쿳섬의 말도 안 되게 푸른 바다가 좋았다. 여기엔 공통점이 있었다. 이름만 대도 알 만한 관광지가 아니다. 평범한 동네나 시장, 덩그러니 놓인 바다나 호수를 낀 곳. 내 여행을 인증하지 않아도 되는, 온전하게 그

분위기를 느낄 수 있는 곳. 내 안의 게으름이 춤을 출 수 있도록 놔둘 수 있는 장소였다는 점이다.

내가 오키나와 여행에 만족하지 못한 이유는 내가 너무 '열심히' 였기 때문이다. 게을러야 했다. 게을러도 괜찮았다. 내게 필요한 여행은 그런 여행이었다.

우리는 너무 열심히 산다. 심지어 여행까지도 열심히 한다. 조금 게으르면 어떤가. 치열한 일상을 피해 게을러지기 위해 떠난 여행이 아니던가. 그러나 언제 다시 와보고, 언제 또 먹어보고, 언제 다시 경험해보겠는가 싶어서 아침부터 밤늦게까지 일정을 꽉 꽉 채워둔다. 어쩐지 씁쓸해진다. '언제든 다시 오면 되지'라고 생각하지 못하는 것이, 생각조차 할 수 없을 정도로 치열한 삶을 살고 있다는 반증 아닌가.

이탈리아 로마에 가면 '남부 환상 투어'라는 상품이 있다. 로마에서 출발해 이탈리아 남부의 나폴리, 소렌토, 포지타노, 폼페이 등을 구경하고 다시 로마로 돌아오는 코스인데, 현지인들은 이 투어를 미쳤다고 생각한다. 로마에서 나폴리까지는 250킬로미터, 이 거리만 해도 왕복으로 6~7시간 정도가 소요되는데 거기에 그 아래 섬들까지 하루 만에 다녀오는 일정이기 때문이다. 이쯤 되면 남부 '환상' 투어라기보다는 남부 '환장' 투어에 가깝겠다. 혹자는 내게 우스갯소리로 이 투어는 한국인밖에 할 수 없을 거라 했다. 보기 좋게 그 말을 증명하듯 투어버스는 한국인 여행객들로 가득했다. 무엇이 우리를 여행지에서까지 이토록 치열하게 만들었을까.

쉬고 싶어서 떠난 오키나와에서 나는 쉬지 못했다. 남부 환상

투어 버스에 몸을 실은 여행객들처럼 말이다. 하나라도 더 보고, 더 먹기에 바빴다. 어쩌면 이제 게으름은 돈을 주고도, 시간을 주고도 누리기 어려운 사치품이 되어버린 것 같아 씁쓸해진다.

오키나와는 아름다운 풍경으로, 따뜻한 사람들로 끊임없이 내게 게을러지라 이야기했지만 차마 나는 그러질 못했다. 비워내기 위해 떠난 여행에서 자꾸만 무언가를 주워 담으려고만 했다. 더 많은 것을 보고, 더 많은 것을 먹고, 더 많은 것을 경험해야만 차오를 줄 알았던 내 속은 오히려 텅텅 비어갔다. 처음으로 게으르지 못한 내가 조금 부끄러워졌다. 아니, 사실 조금 불쌍했다.

고우리 대교의 조용한 바닷바람, 미바루 비치의 붉은 태양, 아침마다 지저귀던 숙소 뒷산의 새소리는 오키나와가 내게 주었던 커다란 가르침이다. 그저 이곳에, 여기에, 나를 맡기는 것. 밑도 끝도 없이 게을러져버리는 것. 그래도 괜찮은 것. 오키나와는 내게 게을러도 괜찮다고 말했다.

추억을 마시다

나는 어린 시절 단칸방에 살았다. 그것도 구멍가게에 딸린 작은 단칸방. 사실 말이 단칸방이지 가게 한편에 벽을 세워두고 그 안에서 숙식을 해결하는 수준이었다.

방은 우리 네 가족이 잠을 자려 누우면 꽉 차는 크기였다. 그 와중에 텔레비전이며 컴퓨터, 옷장 등 있을 건 다 있었다. 어쩌면 요즘 트렌드인 미니멀리즘을 그때 우리 가족이 이미 실천했는지도 모른다. 정말 '딱' 필요한 것들만 있었으니까.

너무 미니멀한 나머지 화장실도 따로 없었다. 지하의 양말 공장 직원들과 같이 쓰는 외부 화장실을 이용해야 했는데, 추운 겨울엔 화장실 가는 게 어찌나 귀찮았는지 모른다. 더불어 공용 화장실이라 웃지 못할 일도 많았다. 그들에게는 단순히 용변을 해결하기 위한 공중 화장실인데, 우리에겐 '집 안' 화장실과 다름없었으니까. 더운 여름에 목욕을 하다—목욕은 외부에 천막을 치고 물을 끌어와서 했다—갑자기 배라도 아프면 그대로 화장실로 달려가는 거다. 상상하는 그대로, 벌거벗은 채로 말이다. 지금의 나라면 뭐라도 대충 걸치고 갔겠지만 뭐, 어두운 밤이기도 했고 워낙 어릴 때니까 그런 지각이 없었는지 그대로 달려가 시원하게 일을 봤다. 그런데 양말 공장 외국인 직원이 그만 문을 열어버렸다. 그도 당황, 나도 당황. 오밤중에 벌거벗고 응아 하는 사람을 발견하기는 처음이었을 테니 그가 한국의 용변 문화를 잘못 이해하지는 않았을까 걱정됐다. 그런 사건은 한 번에 그치지 않았다. 여럿이서 쓰는 화장실이니, 사건 사고가 없는 것이 오히려 이상한 일이지.

가게가 곧 집이나 마찬가지였으니 일과 생활의 구분은 거의 없다고 봐야 했다. 엄마는 김치찌개를 끓이다 말고 물건 사러 온 손님 계산해주러 나가고, 아빠는 고장 난 문 수리하다 말고 만취한 취객을 상대해야 했다. 부모님이 가게를 비울 땐 누나와 내가 가게를 봤고, 우리가 없으면 부모님은 카운터에서 식사를 해결하기도 했다. 늦은 밤, 가게 셔터를 내리고 나면 카운터는 아빠의 미니바가 되기도 했다. 텔레비전에서 흘러나오는 목소리를 안주 삼아 조용히 소주를 마시던 아빠의 모습이 아직까지도 선명하다. 가게는 시시때때로 그 모습을 바꿔가며 우리 가족의 생활 깊숙이 들어와 있었다. 우리 집이 곧 가게였고, 가게가 곧 집이었다. 난 지금도 어렸을 때 살던 '집'을 생각하면 그 가게가 제일 먼저 떠오른다.

그래도 그 좁은 집에서 할 건 다했다. 자그만 단칸방 안에서 구몬 같은 방문 학습도 꾸준히 했고, 누나는 친구들을 잔뜩 데려와 파티를 열기도 했다. 엄만 작은 부엌에서 치킨이며 햄버거, 피자 등의 음식을 만들어주기도 했다. 2002년 월드컵 때는 가게 옆 창고에 큰 텔레비전을 설치해 동네 주민들을 불러모아 축제를 열었다. 어찌 보면 부모님의 일터에 누나와 내가 항상 있었던 것이니, 우리는 부모님이 삶을 대하는 태도를 가장 가까이에서 본 것이나 마찬가지였다. 이보다 더 훌륭한 교육이 어디 있겠는가. 지금 생각해보니 그렇게 할 수 있었던 부모님이 새삼 존경스럽다.

부모님은 '돈이 없다' '아껴야 된다' '우리 집은 가난하다'란 말씀을 많이도 하셨다. 그런데 나는 이 말에 도무지 공감할 수 없었다. '도대체 뭐가 가난하다는 거야?' 가족끼리 살 부비며 사는 것, 맛있는 음식을 먹을 수 있다는 것, 부모님의 사랑을 받으며 자라고 있다는 것이 행복했기 때문이다. 재정적으로는 가난할지라도 마음만은 부족함이 없었다. 그래서 부모님이 '가난하다'고 얘기하는 게 진심으로 이해되지 않았다. 심지어 화도 났다. 가난하다는 말이 싫었으니까. 그게 다 부모님의 희생 덕이었단 것을 다시 한번 깨닫는다. 진짜 가난했는데 가난을 느끼게 하지 않았다는 것, 이거 진짜 대단한 일 아닌가.

그래서인지 나의 어릴 적 기억은 대체로 아름답다. 온 가족이 단칸방에 옹기종기 누워 이야기꽃을 피우던 순간도, 일요일 아침이면 디즈니 만화동산을 보기 위해 번쩍 일어나던 순간도, 엄마 생신상을 차려드리겠다고 아빠를 도와 굴 전, 굴튀김, 굴 죽, 굴

회 등 온갖 굴 요리를 준비하던 순간도(지금 생각하면 아빠가 무슨 생각이었는지 모르겠다), 더운 여름 목욕하는 천막에서 얼음물로 등목을 하던 순간도, 고스톱을 치는 엄마 무릎 위에 누워 쌔근쌔근 잠이 들던 순간도, 화이트 크리스마스에 다 같이 눈사람을 만들던 순간도, 홍수로 인해 물이 가득 찬 방의 물을 퍼내던 순간도, 안마해주겠다고 술에 취한 아빠 등에 올라갔다 아빠가 토를 했던 순간도, 홍역에 걸린 누나를 간호해주던 순간도, 새로 받아온 상장을 코팅해 벽에 걸었던 순간도, 산타가 아빠인 걸 빤히 알면서도 머리맡에 갖고 싶은 선물 목록을 작성해놓고 잠이 들던 순간도, 가족이 다 모여 맛있게 김치찌개를 퍼 먹던 순간도, 엄마가 튀겨준 치킨을 나눠 먹던 순간도, 방과 후 집에 돌아와 아이스크림을 하나 꺼내 먹으며 더위를 식히던 순간도, 빵 속의 포켓몬 스티커를 잔뜩 모아 가게 문에 붙여 친구들의 부러운 시선을 만끽하던 순간도, 쌀 포대에 손가락을 푹 집어넣으며 마음의 안정을 찾던 순간도, 양말 공장 직원들과 화장실에서 마주하던 순간도, 새끼 고양이를 데려와 키우던 순간도 내게는 전부 보석 같은 추억이다. 십 년을 넘게 살았으니 정말 셀 수 없을 정도로 추억이 많다. 드라마를 만들어도 시리즈로 만들 수 있을 정도다.

얼마 전, 오랜만에 만난 누나와 마차를 마시다 이런 얘기가 나왔다.

"그거 기억나? 우리 어렸을 때 이것처럼 쑥차 타 마셨잖아. 정말 걸쭉하게."

쑥차. 맞아, 잠시 잊고 있었다. 그 역시 나의 보석 같은 추억 중 하나였는데.

쑥차를 아는가? 녹차, 홍차는 들어봤어도 쑥차는 아마 생소할 것이다. 우리 집엔 쑥차 가루가 있었다. 그 출처는 도무지 기억이 나질 않는데, 엄청나게 퍼 먹었던 것만은 확실하게 기억난다. 쑥차는 쑥으로 만든 분말 가루다. 쉽게 생각해 율무차의 쑥 버전이라고 보면 된다.

누나와 나는 이 쑥차를 정말이지 엄청나게 먹었다. 입맛이 비슷해 먹는 방법까지 똑같았는데, 다른 사람들이 보면 '왜 차를 그렇게 마셔?'라고 할 게 분명하다. 물과 쑥차 가루를 거의 1대 2 비율로 섞어 마셨기 때문이다. 아니, '먹었다'는 표현이 더 정확하려나. 거의 죽으로 만들어서 먹은 거니까.

거의 수프가 된 따뜻한 쑥차를 숟가락으로 퍼 먹으면 부드러운 온기가 온몸에 퍼졌다. 하이라이트는 뭐니뭐니해도 뭉친 쑥 가루 덩어리. 물에 가루를 잔뜩 넣고 웬만큼 저어주지 않으면 듬성듬성 가루 덩어리가 생기는데, 이거이거, 이게 또 별미다. 마치 팥죽 속의 옹심이를 먹는 기분이랄까? 걸쭉한 쑥차를 마시다 가루 덩어리라도 씹게 되면 입안은 말 그대로 단짠(달고 짜고) 파티가 된다. 일부러 이 덩어리를 먹기 위해 덜 젓기도 했다. 웃긴 건 누나도 그랬다. 누가 가족 아니랄까봐.

지금도 쑥차를 구할 수 있는지는 잘 모르겠다. 예전에 갑자기 먹고 싶어 찾아본 적이 있는데 누나와 내가 먹었던 그 제품은 나오지 않았다. 만약 구할 수 있다 해도 구입이 망설여질 것 같다. 그때 그 맛이 나지 않을까봐. 추억의 맛이 사라져버릴까봐.

우린 마차를 마시며 십수 년 전 우리 모습을 떠올렸다. 자그만 부엌에서 주전자에 물을 끓여 쑥차를 타 먹던 소년과 소녀. 소녀는 어느새 한 아이의 엄마가 되어 내게 마차를 내어줬다. 쑥차의 추억을 환기시키며 말이다. 그때의 우리, 그리고 지금의 우리 사이의 간극을 느끼며 가슴 한쪽이 아려왔다. 우린 생각보다 많은 시간을 걸어온 것이다. 다시 올 수 없는 시간임을 알기에 마차로 마음을 달랬다. 색깔도 생김새도 다르지만 아린 가슴을 데울 만큼의 온기가 있었다. 쑥차를 닮은 마차의 온기였다.

15년이 넘게 지났어도 입맛은 변하지 않았나보다. 우리 둘 다 마'죽'을 만들어 먹고 있는 걸 보면 말이다. 사실 쑥차를 마신다 해도 별반 달라지는 건 없을 것이다. 진짜로 마시고 싶은 건 다시 오지 않을 보석 같은 순간들일 테니까.

20년 넘게 자리를 지켰던 우리 가게는 지금 미용실이 되어버렸다. 추억을 곱씹으려 간혹 찾아갔었는데, 미용실로 바뀐 이후로는 가지 않는다. 영원할 것만 같던 어떤 것이 사라져버린 기분이었기 때문이다. 그래서 이렇게나마 기록으로 추억한다. 내 마음속에서만큼은 영원하길 바라면서. 내 글이 쑥차를 닮은 마차의 온기를 품길 바라면서.

한국인에게
라면이란

라면을 싫어하는 한국인이 있을까? 체질 때문에 라면을 못 먹는 사람은 있을지언정 라면을 싫어해서 먹지 않는 사람은 거의 본 적이 없다. 라면을 즐겨 먹지는 않더라도 여름철 물놀이를 마치고 냇가에서 끓여 먹는 라면이라든지, 늦은 밤 공복에 먹는 라면을 생각하면, 아, 라면이 없는 삶이란 얼마나 퍽퍽한 것일까 상상해본다.

사실 이렇게 말하는 나는 정작 라면을 즐겨 먹지는 않는다. 정말 배가 고프지 않은 이상 라면에는 손을 대지 않는데, 거기에는 몇 가지 이유가 있다.

첫째로 라면은 건강에 좋지 않은 인스턴트식품이라는 무의식 중 거부 반응 때문이다. 라면이 들으면 꽤 억울할 만도 하다만, 라면에 대한 사람들의 인식이 그리 건강하지 못한 건 사실이다. 새로 출시되는 신제품 라면 이름 앞에 유기농이나 저칼로리 같은 수식어를 붙이면 뭐하나. 라면은 라면이다. 손바닥만 한 작은 봉지 안에 엄청난 칼로리와 나트륨, 그리고 MSG 따위로 똘똘 뭉쳐 있는 인스턴트 덩어리 말이다. 사실 계산을 안 해봐서 그렇지 라면이 아니어도 우리는 그보다 훨씬 많은 칼로리와 나트륨을 이미 섭취하고 있을 것이다. 그러나 왠지 라면은 나쁜 식품의 대명사 같은 느낌이라, 되도록이면 먹지 않으려 한다. 억울해도 어쩔 수 없네요, 라면 씨. 세상에는 악역도 필요하니까요.

둘째로 그리 배고프지 않을 때 먹는 라면은 퍽 실망스럽기 때문이다. 라면의 맛은 특별하지 않다. 내가 라면을 '맛있다'고 느꼈던 경험도 대개 라면 자체의 '맛'보다 '상황'에 훨씬 많은 영향을 받았던 경우다. 물놀이 후에 먹는 라면이나 한 젓가락 뺏어 먹는 라면, MT 때 삼삼오오 모여 끓여 먹는 라면, 술 먹은 다음 날 먹는 얼큰한 해장 라면 같은 것 말이다. 보통 때 먹는 라면의 맛은 '그냥 라면' 맛이다. 맵고 짜고 얼큰한 (상상 가능한) 그냥 그런 맛. 사실이 그러하니 정말 먹을 것이 없거나 특별히 배고픈 상황이 아니라면 라면을 찾지 않게 된다. 이것이 내가 라면을 자주 먹지 않는 이유다.

그런데 그 사실을 아는가? 배고플 때 먹는 음식이 더 맛있다는 건 누구나 아는 이야기이지만, 라면은 조금 특별한 녀석이라는 것을. 배가 고플 때 먹는 라면은, 특히 그 라면이 들어가는 위장이 한국인의 것이라면, 3성급의 미슐랭 레스토랑도, 한 시간이나 줄

을 서서 먹어야 하는 맛집의 시그니처 메뉴에도 승부해볼 만한 것이 되어버린다. 그야말로 엄청난 음식이다.

특히 오랜 여행 중에 만나는 라면은 더 이상의 설명이 필요 없다. 여행 중인 나라가 매운 음식을 잘 먹지 않는 곳이라면 더욱이!

여행을 떠나기 전 배낭에 구겨넣은 라면을 도로 끄집어내며 '굳이 라면까지 챙길 필요는 없겠지' 생각했던 나는, 여행 중 라면이 고팠던 순간에 깊은 반성을 했더랬다. 굳이, 아니, 무리를 해서라도 챙겼어야 했던 것이 바로 라면이었다.

부다페스트에 도착했을 때 내겐 라면이 없었다. 현지 음식을 먹자는 주의지만 일교차가 심한 쌀쌀한 저녁 날씨 때문이었을까, 뜨거운 국물이 미친 듯이 당기는 때가 왔다. 오스트리아, 체코, 슬로베니아 같은 국가를 여행하다보니 얼큰한 국물을 먹기 쉽지 않았다. 더군다나 유럽 및 발칸 지역은 (아시아 식료품점을 제외한다면) 온 동네를 뒤져도 매운 식재료 찾기가 하늘의 별 따기다. 때문에 굴라쉬헝가리식 비프스튜가 있는 부다페스트에 희망을 품었건만, 굴라쉬는 전혀 맵지도 얼큰하지도 않은 맛으로 나를 실망시켰다.

빵과 고기의 홍수 속, 이로 인한 모든 갈증은 라면 하나면 충분하다는 걸 알게 되기까지 그리 오래 걸리지 않았다. 한번 라면을 떠올리기 시작했더니 그 맵고 뜨겁고 얼큰한 빨간 국물이 미친 듯이 머리에서 떠나질 않았다. 거기에 김치 한 조각을 얹어 먹는 장면을 상상하자니 라면을 먹을 수만 있다면 지금 당장 여행을 그만둬도 괜찮을 것만 같았다. 이럴 때 보면 나도 어쩔 수 없는 한국인이라니까.

맵고 얼큰한 한국 라면이 먹고 싶어진 나는 부다페스트에 있는 한인마트를 검색하기 시작했다. 그리고 이튿날 눈을 뜨자마자 그 유명하다는 부다페스트의 화려한 야경을 뒤로한 채 한인마트 여행에 나서게 되었다(도대체 몇 시에 눈을 뜬 걸까).

트램과 버스를 타고 땀을 뻘뻘 흘리며 언덕 위를 헤쳐 올라가 찾아간 한인마트는 문이 닫혀 있었다. 엄청난 실망과 분노에 휩싸이길 잠시, 마트가 이전했다는 안내문을 발견했다. 그리고 안내문에 마지막 희망을 건 결과, 기어코 한인마트를 찾아냈다.

언젠가 본 듯한 익숙한 외관의 한인마트에는 그야말로 없는 게 없었다. 너구리, 신라면, 짜파게티, 김치, 만두, 김, 심지어 소주까지. 여기가 부다페스트인지 한국인지 헷갈릴 정도로 화려하게 진열된 한국 식품의 모습에 입을 헤벌쭉 벌린 채 구경을 하기 시작했다. 좋아하는 연예인을 봤어도 그렇게까지 흥분했을까 싶다. 라면 여덟 봉지를 구입한 나는 양손 가득 라면을 든 채 마트 앞에서 기념사진까지 찍었다. 다른 여행객들이 국회의 야경 앞에서 기념사진 찍고 있을 때, 나는 라면이랑 사진 찍었습니다, 김치.

그렇게 반나절에 걸친 한인마트 여행을 마치고는 땀에 절어 숙소로 돌아왔다. 그리고 차가운 물로 샤워를 하고 드디어 라면을 끓였다. 샤워 후에 먹는 부다페스트 라면의 맛, 아아, 더 이상 설명하지 않겠다. 아니, 못하겠다. 이 맛을 어찌 추레한 나의 문장으로 설명하리. 분명한 건 오래 묵은 느글느글한 갈증이 이 세상의 모든 속박과 편견을 버리고 저 멀리 떠나겠다는 어떤 처자처럼 매운 국물과 함께 내 곁을 떠나버렸단 것이다.

어쩌면 한국인 여행객에게 라면은 비상상비약인지도 모른다. 실제로 라면을 먹고 타지에서의 잔병이 나았다는 여행기를 읽은 적이 있다. 라면을 먹고 병이 나았다는 엄마 이야기, 라면 하나로 쓰러져가던 온몸의 기를 보충했다는 이야기. 라면은 한국인에게 있어서 그야말로 자타공인 만병통치약인 셈이다.

라면은 힘든 고시원 생활에도, 낯선 타지 생활에도, 어릴 적 가난했던 시절에도 늘 가족같이, 친구같이 제자리를 지키며 함께했다. 어쩌면 여행에서 그토록 갈망했던 것 또한 매운 국물이 아닌, 가슴까지 뜨겁게 적셔줄 위로였는지도 모른다. 그만큼 한국이 그리운 때였으니까.

특별한 날 먹은 값비싼 스테이크가 별 의미 없는 맛으로 기억될 수도 있는 반면, 가족이 다 같이 모여 끓여 먹은 라면이 최고의 맛으로 기억될 수도 있다. 맛은 '진짜 맛'보다 그 위로 솔솔 뿌려진 '추억'에서 더 맛있는 냄새가 나게 하는 법이니까. 그런 의미에서 유난히도 어렵고 힘든 시절을 함께하는 음식인 라면은, 많은 한국인의 가슴속에 그 어떤 음식보다 뜨거운 존재로 자리 잡고 있을 것이다. 저렴하고, 만들기 쉽고, 맛있기까지 하니까.

이렇게 적고 보니, '몸에 나쁜 음식' 라면이 어쩌면 세상에서 가장 착한 음식일지도 모른다고 얘기해야 할 것 같다. 라면은 지금 이 순간에도 힘들고 어려운 이들의 가장 가까운 곳에서 매콤하도 뜨거운 위로를 건네고 있으니 말이다.

4부

그냥이
어때서

당신의 정답이
누군가에겐 폭력이 된다

"고기를 왜 안 먹어?"

모락모락 김이 나는 먹음직스러운 순대에 손도 대지 않자 의아하게 여기는 그녀에게 '이제 고기를 안 먹기로 했다'고 얘기한 게 화근이었다. 그토록 밑도 끝도 없이 물고 늘어질 줄이야 누가 상상이나 했겠는가. 환경이나 동물에 대한 윤리 문제로 인해 채식을 시작했다고 간략하게나마 이유도 설명해줬지만 전혀 이해하지 못하는 눈치다. 아니, 애초에 이해를 해볼 마음조차 없는 것 같았다. 내 얘기가 끝나기 무섭게 마치 기다렸다는 듯이 고기를 먹어야 하는 이유에 대해 장황하게 설명하는 걸 보니.

"사람은 꼭 고기를 먹어야만 해. 꼭 필요한 영양소가 들어 있다고."

순식간에 식사 자리는 '고기를 먹지 않는 나'에게 집중되었다. 마주 앉은 서너 명의 시선이 내게 쏠렸다. 귀 끝까지 얼굴이 붉어졌다.

"괜찮아, 먹어봐."

급기야 나는 내 의사와 상관없이 고기를 먹어도 '괜찮은' 사람이 되었다. 환경이나 동물 윤리 문제에 대한 의견을 피력했던 나는 그곳에 없었다. 그런 이유 따위는 그들에게 아무런 상관도 없었다.

간이며 허파 같은 것을 맛있게 씹고 있던 마주 앉은 사람들도 젓가락질을 멈추고 반지르르해진 입술로 한마디씩 던졌다.

"그래, 하나쯤 먹는 게 어때?"

"인마, 참으면 병 돼."

유치원 때 김치를 먹지 않는다는 이유로 억지로 식탁에 앉혀져 김치와 눈싸움을 벌이던 기억이 떠올랐다. 내가 김치를 먹으면 먹이는 데 성공한 사람들은 어떤 보상이라도 받는 걸까? 필시 그럴 것만 같았다. 제일 먼저 성공한 이는 경품으로 김치냉장고를 타갔을 것이다. 그렇지 않으면 쓸데없이 힘을 써가며 내게 김치를 먹일 이유가 없잖아. 나는 달걀말이를 좋아했지만 달걀을 먹지 않는 친구에게 억지로 먹이고 싶은 마음은 없었다. 그리 몸에 좋고, 영양소가 가득한 음식이면 제 입에나 욱여넣을 망정이지 왜 내 입에 쑤셔넣으려고 하는 거야.

"안 먹을래요."

사람들의 성화에도 불구하고 나는 먹지 않았다. 실은 못 이기는 척 입속으로 한 점 넣을 수도 있었지만 그렇게 하지 않은 이유는 정말 먹고 싶지 않았고, 한 점이라도 먹게 되면 앞서 뱉어버린 환경이나 동물 윤리 문제에 대한 발언에 책임지지 못하는 꼴이 되어버리기 때문이었다.

거절 의사를 충분히, 알아듣게 표현했으니 다시 식사를 이어나갈 수 있으리라 생각했다. 그러나 그녀의 또 다른 이름은 정대만인 걸까. 포기를 모른다. 포기하지 않고 내게 던진 놀라운 한마디.

"그럼 우린 뭐가 돼?"

그녀가 '우린 뭐가 돼?'라고 뱉은 순간 모든 게 분명하게 다가왔다. 그녀가 내게 고기를 먹이려는 이유는 결코 고기에 영양이 많아서도, 고기가 맛있어서도, 나 한 명쯤 고기를 먹지 않아도 환경에 아무런 영향을 미치지 못하기 때문도 아니었다. 그녀는 고기를 먹는 자신이 환경 문제를 무시하고 사는 사람이 아니란 걸, 동물 윤리 문제에 눈감고 있는 게 아니란 걸, 자신이 지극히 정상적인 사람이라는 걸, 내가 고기를 먹는 행위를 통해 증명하고 싶었던 것이다. 채식이 그런 사회적 문제와 연결되어 있다는 사실의 연결고리를 끊어버리고, 자신의 육식 위주 식습관에 정당성을 부여받고 싶었던 것이다. 그녀에게 내 생각은 애초에 '틀린 것'이었고, 그것을 바로잡아야만 자신의 길이 옳다고 느낄 것이었다. 아니, 나한테 고기를 먹인다고 뭐가 달라져? 이미 그런 문제에 눈뜬 사람이 수없이 많고, 그들 중 상당수는 이미 채식을 하나의 해결책으로 선택했는데. 아이스크림의 원재료가 각종 화학 첨가물과 인공

색소란 걸 알면서도 그 색과 맛의 유혹에 눈감아버리는 것과 똑같다. 불편한 진실과 마주하기 싫은 거다. 유혹을 저버리는 게 쉽지 않은 일임을 나 자신도 잘 알고 있기에 고기 먹는 이들을 욕하지 않았다. 아니, 그 이전에 누가 '욕할 권리'를 준단 말인가? 그런 권리 따윈 애초에 존재하지 않는다. 그러나 그녀는 마치 무슨 권리라도 되는 양 나를 '비정상 인간' 취급했다.

이십 대 초반, 잠깐 채식을 했다. 지금은 채식을 하지 않는다. 채식을 의미 없는 행동이라 생각하여 그만둔 게 아니다. 오히려 난 채식을 포기한 나 자신이 부끄럽고, 여전히 채식을 하는 사람들의 마인드와 정신력을 존중하고 또 존경한다. 여기서 '정신력'까지 운운해야 하나 싶겠지만, 그럴 만한 충분한 이유가 있다. 위에서도 밝혔듯 우리나라에서 채식을 하기 위해서는 상당한 정신력이 필요하다. 내가 채식을 포기한 가장 큰 이유 역시 채소 위주의 식단과 고기의 유혹이 힘들어서가 아니라 정신력이 부족했기 때문이다. '채식을 한다'고 얘기했을 때 쏟아지는 불편한 시선을 견딜 만한 정신력 말이다.

채식을 했던 약 4개월간 수많은 편견과 혐오를 마주쳤고 어느 순간 내가 '별난 사람'을 자처했다는 생각까지 들었다. 이 지구에 조금이나마 보탬이 되고 싶어 선택했던 행동이 이상하고 별난 행동이 된 것이다.

나아가서는 소수자 문제까지 생각해보는 계기가 되었다. 장애인, 여성, 성소수자, 이주노동자, 비정규직 노동자나 가난한 사람까지, '소수자'란 표현은 단순히 '수가 적다'는 의미가 아니다. 보통 사람들이 당연하게 누리는 '권리'를 누릴 수 없는 사람들을 포괄하는 의미다. 그들은 우리 눈에 잘 보이지 않을 뿐, 늘 존재해왔다. 그들이 숨어 있어서 보이지 않는 게 아니다. 보지 않는 것이다. 조금 더 유리한 위치에 서 있는 주도권을 잡은 이들이 보려고 하지 않는 것이다.

사람들은 너무나도 쉽게 자신과는 다르다는 이유만으로 나를 '틀린 것'으로 매도했다. 가장 놀라웠던 건 '고기를 안 먹는다'는 한 마디로 나를 이전과 완전히 다른 사람 취급한다는 것이었다. 나란 사람의 본질은 하나도 변하지 않았는데 고기를 먹는다, 안 먹는다를 기준으로 순식간에 '이상한 사람'이 되어버리는 것이다. 이처럼 우리는 살아가면서 본인의 본질과는 상관없이 다른 사람들의 시선에 의해 얼마나 많이 재단되고 분류되는가. 그 누구의 권한으로 무엇이 정상인지 비정상인지를 가르느냐 말이다. 그깟 고기 안 먹는 게 뭐라고? 그깟 피부색이 뭐라고? 그깟 성별이 뭐라고? 그깟 종교가 뭐라고? 그깟 돈이 뭐라고? 그깟 장애가 뭐라고? 당신과 나의 생김새가 다름이 당연하듯, 세상 사람들이 이처럼 다르다는 건 너무나도 당연한 일이다. 60억이 넘는 인간이 어떻게 다 같을 수가 있겠는가? 그게 더 이상하지 않아? 그러나 마치 자신이 처음부터 이 지구의 주인인 것처럼 행동하는 이들이 너무 많다. 그런 행동이 혐오를 낳았고, 혐오는 박해를, 그리고 곧 전쟁을 낳지 않았던가. 어리석은 인류는 그와 같은 실수를 인정하는 한편, 끊임없이 되풀이하려 하고 있다. 내 맞은편에 앉은 그녀처럼 말이다.

채식을 결심했던 건 스물셋 여름이었다. 당시 나는 홀로 유럽 여행 중이었다. 그러던 어느 날 카우치 서핑으로 콜마흐에 사는 한국인 누나의 집에 머물게 됐다. 그 누나가 내가 살면서 처음 만난 채식주의자였다. 어쩌면 그전에도 있었을지도 모르겠다. 내가 '보지 않아서' 그 존재를 모르고 있었는지도. 나는 누나에게 가볍게 물었다. "왜 채식을 해?" 그러자 무거운 대답이 쏟아졌다. 단순히 건강이나 다이어트를 위해서인 줄 알았던 채식은 사실 환경 문제와 더 밀접한 연관이 있고, 채식주의자들은 대부분 이러한 이유로 채식을 하고 있었다. 누나는 내게 「Earthlings」이라는 다큐멘터리(유튜브에 검색하면 나온다)도 보여주었다. 환경 문제, 비인도적인 축산업 문제, 인간의 허영심에 고통받는 동물들에 대한 윤리 문제를 다루고 있었다. 사실 별 생각 없이 단순한 호기심에 던진 질문이었기에, 이 같은 무거운 답변에 나는 충격받을 수밖에 없었다. '내가 모르는 세계'를 탐험하고 싶어서 떠나온 여행이었는데, 내가 모르는 세계는 비단 유럽의 수많은 도시뿐만 아니라 내 일상 속에도 늘 존재하고 있었던 것이다. 부끄러웠다. 그런 세계를 모르고 살아왔단 것이 부끄러웠고, 아침에 먹은 빵 사이의 햄 한 조각에도 다큐에 나온 제조 과정이 담겨 있단 생각에 속이 울렁거리기도 했다. 다큐를 끝까지 다 본 나는 그 자리에 붙박이처럼 앉아 있었다. 머릿속 회로가 엉켜 엉망이 되었다. 그럼 도대체 내가 여태껏 먹은 것들은 무엇이며 앞으로는 무엇을 먹으며 살아야 하지, 뭐 그런 생각이 오갔던 것 같다. 누나는 말없이 영상을 끄고는 자리를 비켜줬다. 내게 생각할 시간이 필요하다 여겼던 것 같다. 불이 꺼진 캄캄한 방에 홀로 앉아 생각했다. 어쩌면 이 여행 이후로 내 삶은 조금 다른 방향으로 흘러갈 수도 있겠구나 하고.

그렇게 여행 이후 채식을 시작했다. 그동안의 내 식사가 얼마나 육식 위주였는지를 깨닫고는 아연실색했으며, 한 끼를 먹어도 조심스러웠다. 이런 변화는 (적어도 나 자신에게는) 매우 긍정적이었다. 식생활이 엉망이었던 나를 제때 식탁에 앉게 했고, 채식 위주의 식단은 자극적인 맛에 길들여져 무뎌진 혀에 새 생명을 불어넣었다. 재료 본연의 맛을 즐기게 되었고, 식사를 할 때 정신적으로도 맑아지는 기분이었다. 또 많은 사람이 간과하고 있는 사실이 있는데, 사실 채식이 더 맛있기도 하다. 그럴 수밖에 없는 이유가, 채식 메뉴에는 육류를 대체할 재료나 원재료의 품질에 대한 고민이 많이 담겨 있다. 원재료가 부실하다고 해서 자극적인 소스로 그 정체를 감추려고 하지 않는다. 음식을 마주하는 사람의 태도도 '맛보고 삼킨다'보다는 '입안에서 음미한다'가 되기 때문에 재료의 질감을 만끽하는 재미도 쏠쏠하다. 그동안 나는 얼마나 많은 시간을 그저 배를 채우기 위해 허겁지겁 삼키기에 바빴는가.

그러나 문제는 여럿이 함께하는 식사 자리였다. 친구, 가족들과는 어찌어찌 잘 넘어갈 수 있다 쳐도 회식 자리에서 고기를 먹지 않았다가는 '예의 없는' 아이가 되기 딱 좋다. 그렇다고 그 자리에서 구구절절 채식하는 이유에 대해 설명할 수도 없고, 오히려 설명했다간 고기 먹는 사람들의 입장이 곤란해질 것도 같고, 그래서 웬만해선 물만 들이켜며 풀때기만 먹었고 "왜 안 먹어?"란 질문에는 "속이 안 좋아서요"란 대답으로 얼버무렸다. 그런 거짓말에도 이골이 나 언제부턴가는 솔직하게 '고기를 안 먹기로 했다'고 얘기해버리니 사람들의 반응은 가히 폭발적이었다. 왜 안 먹느냐는 사람부터, 고기를 먹어야 하는 이유를 설명해주는 사람, 내가 채식하는 이유가 부질없음을 알려주는 사람, 그리고 이 모든 걸 한번에 얘기하는 사람까지. 마치 고기를 먹지 않으면 인류가 곧 멸망이라도 할 듯 심각하게 훈수를 뒀다. 이런 시선과 관심이 너무 견디기 힘들었다. 그깟 고기가 뭐라고. 이해가 되지 않는다면 그냥 입이라도 닫고 있으면 안 되는 건가. 나를 이해해주길, 인정해주길 바란 것도 아닌데. 그냥 두면 안 되는 건가.

살다보면 나로서도 도저히 이해가 가지 않는 것들이 있다. 나는 요플레 뚜껑을 핥아먹지 않고 그냥 버리는 이들을 이해할 수 없다. 그렇다고 내가 그들에게 "왜 요플레 뚜껑을 핥아먹지 않는 거야!"라고 비난하거나 충고하지는 않는다. 요플레 뚜껑을 좋아하지 않는 사람이 있을 수도 있는 거다. 그저 있을 뿐이다. 머리색이, 피부색이, 성별이, 국적이 다른 사람들이 있는 것처럼 그들도 그저 있다. 그 누구도 이래라저래라 할 권리가 없다.

누군가는 "어이, 아무리 그래도 그렇지 그것과 이것은 문제의 크기가 너무 다르잖아"라고 할 수도 있지만, 절대 그렇지 않다. 부피는 다를지언정 그 밀도는 같다. 결국 이건 본질의 문제가 아니라 사람이 사람을 대하는 태도의 문제다. 요플레 뚜껑이나 채식주의자나 수많은 소수자나, 그들을 대하는 태도에 있어서는 그 무게가 같다.

얼마 전 라디오에서 들었던 멘트가 생각난다.

……미국인들은 신대륙을 발견하곤 굉장히 기뻐했습니다. 하지만 사실 그곳에 살고 있던 원주민들 입장에서는 전혀 기쁠 일이 아니었죠. 그들에겐 발견이 아닌, 땅을 빼앗긴 것뿐이었으니까요.

그동안 너무 아무렇지 않게 '발견'이라는 표현을 써서 눈치채지 못했는데, 발견은 미국인들의 입장일 뿐, 원주민들에겐 침략이었던 것이다. 이처럼 역사는 본인들이 조금 더 우세하다 여기는 사람들(가해자)에 의해 쓰였다. 내 삶을 다시 돌아보게 됐다. 나는 저들이 아무렇지 않게 사용한 '발견했다' 같은 표현을 쓴 적이 없는가? 그로 인해 누군가에게 상처를 준 적은 없는가? 그러고는 생각했다. 우린 이런 문제에 있어서 더 민감해져야만 한다고. 단순한 표현 속에도 편견과 혐오의 칼날이 숨어 있고 이 칼날에 찔려 피 흘리는 사람들이 있을 거라고. 내 말이 곧 정답이라 여기고 그걸 뱉는 순간, 그 정답이 누군가에겐 폭력이 될 수도 있다.

그녀는 '그럼 우린 뭐가 돼?'라고 뱉어버린 후에도 내게 순대를 권했다. 이윽고 순대 한 점이 들어올려져 눈앞에 다가온 순간, 그만 질려버리고야 말았다. 이건 내게 불가항력이다.

결국 순대 한 점을 입안 깊숙이 밀어넣었다. 당면을 감싼 미끌미끌한 순대의 표면이 뱀의 살갗처럼 온몸을 뒤틀며 혓바닥을 휘저었다. 억지로 씹어 목구멍으로 넘기자 그제야 그들은 안도의 표정을 내비쳤다.

"거봐, 맛있지?"

그날, 난 물리적인 힘 없이도 폭력이 가능함을 확인했다. 내 의사와 상관없이 나는 고기 먹는 채식주의자가 되어버렸으니까. 그날 내가 삼킨 것은 어쩌면 고기가 아닌지도 모른다. 혐오와 편견으로 똘똘 뭉친 단단한 덩어리였을 수도.

집으로 돌아와 속을 게워냈다. 내가 먹은 순대가 역겨워서가 아니었다. 상대방을 이해할 생각조차 없는 그녀의 태도가 역겨웠다. 그녀의 몰상식과 혐오와 편견으로 뭉친 덩어리를 변기 속으로 마구 쏟아부었다.

인정할 수 없고, 이해하고자 하는 노력조차 힘에 부친다면 가장 쉽고 좋은 방법이 있다. 그냥 입을 닫으면 된다. 그러면 된다. 아무도 당신에게 이해나 인정을 강요하지 않는다. 절대로.

참 단순한
세상이야

"내 친척이 누군지 알아? ○○일보 기자인데, 너희 이 짓거리하는 거 싹 다 써넣으라고 할 거야!"

더 이상 아무도 아저씨의 화를 주체하지 못했다. 그도 그럴 것이 대부분의 승객은 이미 아저씨 편인 것처럼 보였다. 별다른 해결책 없이 비행기가 연착된 지 여덟 시간이 넘어가니 아저씨의 분노는 당연한 것이 되었다. 모두가 품고 있던 폭탄을 가장 먼저 터뜨린 사람이 그일 뿐이었다.

항공사의 대처 능력은 어처구니없었다. 기다려달라고 한 두 시간은 네 시간, 여섯 시간으로 늘어났고, 임시 대응으로 인천 공항에서 사용 가능한 만 원짜리 쿠폰 두 장을 줬지만 연착 문제엔 별

다른 진전이 없었다.

연착 사유는 항공기 결함이었다. 어디에 어떤 결함이 있는지 정확하게 알려주지도 않아 불안감만 커졌다. 승객들은 휴가를 망쳤다며, 중요한 미팅을 놓쳤다며 절규하고 있었다. 이윽고 연착된 지 여덟 시간이 다 되어가자 아저씨를 필두로 우레와 같은 항의가 쏟아지기 시작했다.

"너희 미쳤어? 이 미팅 놓치면 날아가는 돈이 얼만지 알아?!"

"휴가 일정 다 틀어졌는데 어떡해요? 예약한 호텔이랑 교통 다 어떻게 하냐고요……."

"이거 보상은 해주시는 거죠?"

중요한 미팅도, 휴가 일정도 없던 친구와 나는 쿠폰으로 산 그린티 프라푸치노를 먹으며 이런 광경을 멀리서 지켜보고 있었다. 마치 주말 연속극을 보려고 텔레비전 앞에 앉은 시청자처럼.

"1년에 한 번 있는 휴가를 이렇게 망치면 진짜 짜증나긴 하겠다."

"그러니까. 그나저나 비행기 상태는 괜찮은 거야? 불안해 죽겠네."

"나도. 비행기 막 추락하거나 하진 않겠지?"

"……혹시 모르니까 많이 먹어둬."

여덟 시간 동안 꼼짝 않는 유리창 밖의 비행기를 바라보며 프라푸치노의 남은 휘핑크림까지 남김없이 흡입했다. 설마 추락하겠어, 하는 마음으로.

추락에 대비해 열량을 가득 채웠지만 불안함은 가시지 않았다.

하는 수 없이 나 또한 승객들이 잔뜩 모여 있는 게이트 앞으로 다가갔다. 승객들의 분노는 이미 걷잡을 수 없었다. 소리 지르는 사람부터 기다림에 지쳐 엉엉 우는 아기와 신고를 하겠다고 어딘가로 전화를 거는 아저씨까지, 그야말로 혼비백산이 따로 없었다. 승객들 사이를 비집고 들어가니 고개를 숙여가며 연신 "죄송합니다"를 되뇌는 승무원의 모습이 보였다. 승무원의 사과가 애처로워질수록 승객들의 목소리는 더욱 높아져만 갔다. 빗발치는 항의를 뚫고 나도 조용히 한마디 꺼냈다.

"저, 이 비행기 안전한 거죠?"

고개를 든 승무원의 얼굴은 하얗게 질려 있었다. 그러고는 애써 웃는 얼굴로 대답했다.

"정말 죄송합니다. 항공기에는 전혀 문제가 없으니 걱정 안 하셔도 됩니다."

파르르 떨리는 입술로 얘기하는 승무원을 보고 있자니 참 안됐다 싶었다. 그래, 이 사람도 누군가의 딸이며 애인일 텐데. 안타까운 마음에 "힘내세요"라고 말하려다 핏발 선 눈동자로 항의하는 승객들을 보자 곧 벙어리가 되어버렸다. 애매한 미소로 눈인사를 하고는 후다닥 그 무리에서 빠져나왔다.

그러고 보니 이와 비슷한 경험을 한 적이 있다. 니스에서 로마로 향하는 비행 편이었다. 그때도 지금처럼 비행기가 연착됐었다. 다른 점이라면 그 항공사는 사과하지 않았다는 것이다. 연착 사실도 안내판에만 띄웠을 뿐, 구체적인 설명이나 공지마저 없었다. 그런데 놀라운 건 누구 하나 화내는 사람이 없었다. 사람들은 침착하게 탑승을 기다렸다. 동행한 가족이나 친구들과 여유롭게 대화하거나 책이나 영화를 보며. 그 많은 사람 모두가 중요한 미팅이나 휴가가 없었을까. 그 침착함과 유연함에 적잖게 놀랐다. 완전히 상반되는 반응이지 않은가.

군이 두 상황을 비교해가며 우열을 가르려는 게 아니다. 그저 놀라웠다. 니스 공항의 그들도 똑같은 사람이고 일정이 꼬이고 약속이 깨져 화가 났을 텐데, 분노를 표출하는 사람이 단 한 사람도 없었다는 것 말이다. 항공법에 컴플레인을 걸면 안 된다고 적혀 있는 것도 아닐 텐데. 도대체 저 사람들은 뭘까, 단순한 문화 차이일까, 모든 사람이 마치 러너스 하이에 도달하기라도 한 걸까. 뭐, 그런 생각들이 머릿속에 오갔다.

러너스 하이Runner's High. 마라톤에서 체력과 정신이 한계치를 넘을 때 상쾌해지는 순간을 뜻한다. 신체는 그대로 달리고 있는데 정신적으론 전혀 힘들지 않은 상태다. 혹자는 이 상태를 "하늘을 걷는 느낌" 혹은 "꽃밭을 걷는 기분"이라고 표현하기도 한다.

어쩌면 불교에서 말하는 무아지경無我之境의 경지와 비슷할지 모르겠다. 본인 스스로는 전혀 힘들이지 않고 있다 생각하지만 몸은 계속해서 행동을 이어나가는 것이다.

운동을 좋아하는 사람이라면 러너스 하이를 매일같이 느낄지도 모른다. 헬스장에서 러닝머신만 뛰어도 처음엔 물에 적신 솜뭉치처럼 무거웠던 몸이 점점 쌩쌩해지는 걸 느낄 수 있으니 말이다. 쌩쌩해진 몸으로 달리다보면 잡생각으로 어지러웠던 머릿속이 정리되기도 한다. 머릿속이 복잡할 때 많은 사람이 운동을 찾는 이유는 이 때문일 것이다.

그런데 로마행 승객들은 땀 한 방울 흘리지 않고도 러너스 하이에 도달한 사람들 같았다. 혹시 분노 게이지가 한계치를 넘어서 해탈한 것일까. 그렇다고 하기엔 표정들이 한결같이 너무 평온했다. 아니면 항공사 약관에 '연착 시엔 티켓값을 100퍼센트 환불해드립니다' 같은 항목이라도 있었던 걸까. 그 여행이 끝날 때까지 답을 알 수 없었고, 이 상황을 겪기 전까지도 궁금증으로 남아 있었다.

그런데 바로 눈앞에서 거리낌 없이 분노를 표출하는 승객들과 그들을 상대하느라 벌벌 떠는 승무원들을 보니 왠지 답을 알 것도 같았다.

로마행 승객들이 화를 내지 않은 이유는 화를 내도 달라지는 건 없기 때문이다.

제아무리 승무원에게 삿대질을 해도, 큰소리치고 협박을 해도, 잃어버린 휴가와 중요한 미팅은 돌아오지 않는다. 남는 건 상처받은 사람들과 상한 감정으로 얼룩덜룩해져 지저분해진 추억뿐. 로마행 승객들은 모처럼의 소중한 시간을 (비행기 연착 따위 때문에) 지저분한 추억으로 남기고 싶지 않았던 것이다.

누군가는 분노를 표출하고, 또 누군가는 그 분노에 상처받는 모습을 눈앞에서 보고 있자니 답이 명확하게 보였다. 어차피 항공기는 연착되었고 달라지는 건 아무것도 없다. 내가 바라는 건 그저 안전하게 목적지에 내려주는 것뿐이고, 항공사가 해줄 수 있는 최선도 그게 전부다. 항공사는 연착에 대한 보상으로 만 원짜리 쿠폰 두 장까지 쥐여주는 등 나름의 노력을 다했다. 승객들도 기다리는 것 이상의 노력을 보여줘야 했다. 승객들이 할 수 있는 최선의 노력은 그 시간을 최대한 아깝지 않게 보내는 것이었다. 하지만 사람들은 하나같이 감정을 소비하며 그 시간을 아깝게 소모하고 있었다.

나 또한 여행 계획이 틀어지지 않은 건 아니었다. 생각보다 오랜 시간 비행기가 연착되는 바람에 첫날 1박으로 계획되어 있었던 호찌민 여행을 완전히 포기해야 했다. 또 이보다 더 연착이 된다면 예약해둔 호텔도 무용지물이 되어버리는 상황이었다. 물론 항공사가 그것까지 보상해줄 생각은 없어 보였고.

하지만 뭔가 특별한 경험을 하는 것 같아 재미있다는 생각도 들었다. 여덟 시간 비행기가 연착되어 공항에 표류한다는 게 누구나 쉽게 할 수 있는 경험은 아니지 않은가. 마치 영화 「터미널」 같기도 했다. 톰 행크스가 되어 쿠폰으로 산 프라푸치노를 먹으며 다양한 얼굴의 여행객들을 관찰하고 있자니 생각보다 시간이 빨리 갔다. 더군다나 그 경험 덕에 이렇게 글 쓸 소재도 생기지 않았는가.

화를 내야 무슨 소용이 있겠는가. 하얗게 질린 저 승무원도 누군가에겐 소중한 딸이고 친구이며 애인일 텐데. 분명 오늘 일이 끝나고 나면 무거운 캐리어를 질질 끌고 강둑 포장마차에 홀로 앉아 소주를 몇 병이고 비워댈 것이다. "에라이, 개 같은 아저씨!"를 외치면서 말이다. 누군가의 가슴에 박은 못을 빼낼 순 있어도 못을 뺀 자국은 평생 남는다. 그렇게 남의 마음을 아프게 하면 본인 마음도 당연히 좋을 리 없고.

불합리한 상황을 참고 견디라는 얘길 하려는 게 아니다. 승객은 돈을 내고 항공권을 구입했기에 정확한 시각에 서비스를 제공받을 권리가 있다. 그러나 내가 묻고 싶은 것은 정말 중요한 게 무엇이냐다. 누군가는 회사에서 쌓인 묵은 피로를 풀기 위해, 누군가는 소중한 추억을 만들기 위해 떠난 여행, 설사 항공사가 백번 양보해 좌석을 업그레이드해줬다 해도 떠나기로 결심한 목적이 변하지는 않는다. 없으면 없는 대로, 있으면 있는 대로 현재를 즐기는 것, 그게 여행의 묘미 아닐까. 자신의 가슴속까지 새까맣게 태워가며 그 아까운 시간을 소모하고 있는 게 안타까웠다.

연착된 지 여덟 시간 하고도 삼십 분이 더 지났을 무렵, 드디어 비행기가 출발한다는 반가운 소식이 들려왔다. 너도나도 목에 핏대를 세웠던 승객들은 툴툴거리며 승무원의 안내에 따라 하나둘 비행기에 올라탔다. 승무원들은 죄지은 사람처럼 눈도 마주치지 못한 채 여권을 확인했다.

빗발치는 승객들의 항의가 기내에서도 계속 이어질 것으로 예상했으나, 의외로 사람들은 얌전히 자리에 앉아 있었다. 여기저기서 "드디어 출발한대" 같은 통화 소리가 들려왔다.

이윽고 비행기는 안전하게 이륙했고, 감정 소모에 체력을 다 쏟은 탓인지 승객들은 너 나 할 것 없이 곯아떨어졌다. 불과 십 분 전만 해도 전쟁터 같았던 모습은 온데간데없었다. 나 또한 무거워진 눈꺼풀을 비비며 한숨 돌렸다. 머리를 기댄 창밖에는 불빛이 수놓은 별들이 반짝였다. 그제야 피식 웃음이 나왔다.

'참 단순한 세상이야……'

고개 돌려 뒤를 돌아보니 세상모르고 잠든 승객들의 모습이 보였다. 그중 단연 눈에 띄는 사람은 맨 앞자리를 차지한, 자신의 친척 기자에게 기사를 쓰게 하겠다고 윽박지르던 아저씨였다. 좁은 이코노미석에 끼여 입까지 벌린 채 잠들어 있었다. 아까 그 사람이 맞나 싶게 평화로운 모습으로. 한 손에는 빈 맥주캔을 든 채 코까지 골고 있다. 하하하. 이 아저씨, 드디어 러너스 하이에 도달했나보다.

심리상담소 말고
심리연구소라고 하세요

"가슴속에 응어리가 있네요."

"네?"

"다음 주 로샤 테스트잉크 얼룩 모양을 통해 성격을 테스트하는 심리 검사를 진행하도록 할게요. 시간은 한 시, 괜찮으시죠?"

"아…… 예, 감사합니다."

여전히 풀리지 않은 응어리를 품은 채 문밖으로 나섰다. 멍해진 기분 때문에 하마터면 상담료를 지불하지 않을 뻔했다. 카운터 직원이 불러 세우는 바람에 정신을 차리고 비용을 지불했다. 데스크 위에 놓인 꼬깃꼬깃해진 만 원짜리 한 장. 누군가가 내 이야기를 들어주는 비용치곤 저렴하다 싶었다. 실은 만 원은 상담료도 아닌 장소 대관료다. 다시 말해, 상담료는 무료였다.

이 심리상담소를 소개해준 사람은 친한 동생이었다. 심리상담에 관심이 많았던 동생은 심리학을 공부하다 이 프로그램을 알게 되었고, '전문 상담사가 되기 위해서는 일정량의 상담 경력을 채워야 하는데, 이 상담은 (상담자에게) 그 경력이 되며 국가에서 지원을 해주기에 상담료는 무료'란 설명을 덧붙였다. 상담이 필요한 사람은 전문적인 심리상담을 무료로 받아볼 수 있고, 아마추어 심리상담사는 프로로 가는 길로 한발 더 나아갈 수 있으니 서로 윈윈하는 좋은 취지의 프로그램이란 생각이 들었다. 내가 심리상담이 필요한 상태는 아니라고 생각했지만 딱히 거절할 만한 이유도 없어 제안을 승낙했다. 나를 떠올려준 동생에게 고맙기도 했고.

상담실은 꽤나 멀었다. 하지만 기껏해야 일주일에 한 번이고, 열 번만 받으면 프로그램이 끝나는 데다 상담료도 무료였기에 별로 개의치 않았다. 나를 좀더 알고 싶다는 욕구가 있어 오히려 열정을 느꼈을 정도다. 그래서 뼛속까지 시린 겨울에도 열심히 드나들었다.

누군가가 이렇게 길게, 그리고 진지하게 내 이야기를 들어주는게 얼마 만인가 싶었다.

사실 처음에는 낯선 사람에게 내 얘기를 한다는 게 결코 편하지만은 않았다. 그러나 시간이 지날수록 그 점이 도리어 다행이다 싶었다. 이름을 안 지 얼마 안 되었을 정도로 낯선 사람이었기에 오히려 내 얘기를 다른 곳에 흘리지 않을 것 같아 상담 시간이 편했다. 상담사와 나의 접점은 오직 내 이야기밖에 없었다. 다른 관계가 전혀 개입될 여지 없이 둘 사이의 공통분모는 오직 내 이야기로만 채워졌다. 그래서 내 상황이나 감정을 가감 없이 솔직하게 얘기할 수 있었다.

그러나 한계가 있었다. 아무리 편해도 그 누구에게도 하고 싶지 않은, 할 수 없는 사적인 이야기들이 있었다. 심리상담을 받기로는 했지만 그런 것까지 들추고 싶진 않았다. 그런 문제는 나 스스로가 해결해야 한다고 생각했다. 그 때문이었을까. 어느 순간부터 상담은 전혀 진전되지 않았다. 상담사는 결과를 가지고 오는 날이면 고개를 갸우뚱하곤 했다.

"결과가 조금 이상하네요."

상담사의 의아함이 무엇을 의미하는지 단번에 알 수 있었다. 그동안 하고 싶은 말만 골라서 했기에 상담 결과는 내 상태를 완전히 대변할 수 없었던 것이다. 그러니까, 솔직하지 못했기에 솔직하지 못한 결과가 나왔다.

상담이 대략 반 정도 지나고 나서야 이대로는 이 시간이 아무런 의미가 없을 거라는 생각이 들었다. 내가 하고 싶은 말만 뱉는 것은 거짓말하는 것과 다름없으니까. 그래서 난 '진짜' 상담 결과를 위해, 그리고 나 또한 그것을 원했기에 그간 하지 않았던 말들을 쏟아내기 시작했다.

처음엔 거부감이 심했다. 아이러니하게도 낯선 사람이라는 이유가 그 원인 같았다. 상담을 시작하고 얼마 되지 않았을 때만 해도 낯선 사람이어서 편했지만, 한편으로는 내 깊숙한 곳까지 낯선 사람이 들어오는 게 불쾌했다. 가장 가까운 사람들에게도 보여주지 않았던 속마음을 잘 모르는 사람에게 보여줘야 한다는 것 또한 속상했다.

그러나 기대와 달리 크게 달라진 것은 없었다. 용기를 내어 모든 것을 털어놨지만 상담사는 여전히 전과 같이 상담을 진행할 뿐이었다. 그도 그럴 것이, 전문 심리상담이라는 것에는 매뉴얼이 존재했다. 일정한 단계를 통해 내 심리를 '심리학적'으로 분석하는 것이었다.

여러 상담을 했다. 어린 시절부터 지금까지의 삶을 글로 풀어써 보기도 하고, 수많은 질의 응답지 칸에 답을 적어넣었으며, 집이나 나무, 가족의 얼굴 등을 종이 위에 그려보기도 했다.

결과는 수치화되어 나타났다. 나라는 존재는 듣도 보도 못한 알파벳과 숫자 조합이 되었다. 그 조합은 나를 어떤 성향의 사람으로 분류했다. 그런데 전혀 와닿지 않았다. 이런 게 내가 원한 '진짜' 결과였던 걸까. 만약 그 결과가 진짜 내 모습이라 할지라도 이런 식의 방법은 나와 맞지 않는다는 생각이 들었다. 비슷한 검사와 결과는 계속해서 반복됐고, 어느 순간부터는 로봇과 상담하는 기분이 들기 시작했다.

만 원이 아까웠다. 누군가가 내 이야기를 들어주는 비용으로 비싸다고 생각하지 않았던 만 원이 이제는 아깝게 느껴졌다. 상담은 어느새 내 이야기를 어딘가에 버리고 오는 과정이 되어버렸다. 내가 돈을 내고 내 이야길 버리는 꼴이라니. 나는 정해진 요일에 내다 버리는 쓰레기봉투처럼 일주일에 한 번, 돈을 주고 내 이야기들을 버리러 다닌 것이다. 진심이 담긴 이야기들은 알파벳과 숫자로 전산화되어 재처럼 흩날렸고, 그것을 지켜보는 일은 생각보다 더 처참했다.

그렇게 상담 10회째가 되었고, 나는 더 이상 나가지 않았다.

한 달이 지났다. 상담을 받았던 기억이 흐려지기에 충분한 시간이었다. 그러나 기억이 쉽게 지워지지 않았다. 이유는 간단했다. 잘 알지도 못하는 사람에게 나란 사람을 필요 이상으로 오픈한 사실이 찝찝했던 것이다. 그러니까 나는, 후회하고 있었다.

그러던 중, 상담을 소개해줬던 동생에게 연락이 왔다.

"상담은 어땠어?"

한 달이 지난 이 시점에 상담 얘기를 꺼낸 데에는 분명 이유가 있겠다 싶었다. 아나나 다를까, 동생은 내게 꽤 충격적인 이야기를 했다.

"실은 상담실 원장님이 오빠가 되게 위험한 상태라 하더라고. 이대로 군대에 가면 극단적인 선택을 할 수도 있대."

상담실 원장은 동생에게 이 프로그램을 소개해준 동생의 지인이었다. 상담실을 오가며 몇 번 얼굴을 마주쳤고 그때마다 웃으면서 가볍게 인사까지 했었는데.

"그리고,"

마른침을 삼켰다.

"오빠랑 가깝게 지내지 말래."

심장 한쪽에서 뭔가가 부서지는 소리가 났다.

난 상담실 원장과 상담을 한 기억이 없다. 다시 말해, 상담실 원장은 나에 대해 전혀 모른다. 아니, 알 수가 없다. 기껏해야 지나가다 인사 몇 번 한 정도였으니까. 그렇다면 그 사람이 동생에게 말한 내 '심각한 상태'라는 것은 어디에서 추측된 걸까. 길게 생각할 것도 없이 내 상담 내용을 알고 있다는 것밖에는 없었다.

내 상담 내용은 녹음기와 카메라로 녹음·녹화되었다. 명목은 상담의 심층적인 결과를 위해서, 뭐 그런 거였던 것 같은데, 찝찝했지만 절대 상담 내용을 밖에 노출시키지 않겠다는 서약서로 약속을 받았기에 믿을 수밖에 없었다. 그럼에도 얘기가 솔직해질수록 카메라와 녹음기가 공격적으로 느껴지기 시작했다. 그러나 사전에 동의했고, 어찌 됐든 나를 위한 상담이니 감수해야 한다고 생각했다.

원장은 그 자료를 본 것이다. 그렇게밖에 생각할 수 없었다.

충격이었다. 설사 보지 않았다 하더라도 나를 '친하게 지내면 안 되는 사람'으로 판단한 것 또한 적지 않은 충격이었다. 알지도 못하는 사람에게 재단당하는 기분은 생각보다 훨씬 더 불쾌하고 역겨웠다. 동생에게는 그저 어이없다는 듯 웃고 넘겼지만, 지난 몇 달간 드나들었던 상담실과 상담사에게 심한 배신감을 느꼈다.

나란 사람을 겪어본 적도 없으면서 피자 위에 토핑을 얹듯 '상태가 위험하고', '극단적인 선택을 할 여지가 있고', '가까이해서는 안 되는' 사람으로 만드는 데 실소가 터졌다. 도대체 무엇으로? 그 숫자와 알파벳들의 조합으로?

나는 심리학에 대해 잘 모른다. 그렇지만 심리상담을 받고자 하는 심리는 누구보다도 잘 안다. 내가 바로 그랬으니까. 나는 정답이 필요했다. 이왕이면 과학적인 근거가 뒷받침되는 정답이.

상담실에는 나 말고도 수많은 사람이 드나들었다. 모두 저마다의 문제를 안은 채, '정답'을 찾으러 그곳에 왔을 것이다. 전산화·기호화된 정답은 어쩌면 한 줄기 빛이 되었을 수도 있다. 그러나 내게 그 정답이 빛은커녕 아무짝에도 쓸모없는 것이었던 이유는 내게 정말 필요한 건 그런 게 아니었기 때문이다. 내게 진짜 필요한 건 정답이 아니라 위로였다. 내 두 손을 맞잡고, 눈을 맞추고, 따뜻하게 안아줄 수 있는 위로. 그저 내 목소리를 들어주는 것.

그러나 그곳은 이러한 내 심리는 미처 파악하지 못했나보다. 그렇다면 간판에서 '상담'이란 단어를 떼어내야 했다. 대신 '분석'이나 '연구'를 넣어야 한다. 심리연구소, 그래야 자신의 심리를 실험대 위에 올려놓고 이리저리 해부해보고 싶은 이들만이 찾아가지 않겠는가. 나는 심리상담을 받은 게 아니었다. 심리 분석 실험에 참여한 것이었다. 그렇게 생각하니 그간의 찝찝함으로부터 한결 가벼워질 수 있었다.

지금도 나는 가끔 그 원장이 했던 말을 생각해본다. 압권은 '군대에 가서 극단적인 선택을 할 수도 있다'는 부분이다. 이 글을 쓰는 현재 나는 군인이다. 오늘 내가 한 극단적인 선택은 도시락으로 나온 나물 무침을 먹지 않은 것 정도다. 이게 원장이 말한 극단적인 선택이었다면 알려줘서 고맙다고 해야 하나. 그런데 그건 어쩔 수 없는 선택이었습니다. 나물 무침이 좀 맛없어야죠.

과연 나는 사랑받을
자격이 있는 사람일까

9월 13일. 내 생일이다. '내가 태어난 날' '부모님께 감사해야 하는 날' '축하받아야 하는 날'이다. 그런데 마지막 하나가 걸린다. 축하받아야 하는 날. 축하? 내 탄생은 축하받을 만한 걸까?

탄생에 있어서 자격을 운운하자니 벌써부터 우울해지지만, 솔직히 내게 생일은 우울한 날이 맞다. 나는 생일만 되면 우울해진다. 친구들을 만나도, 사랑하는 사람과 시간을 보내도, 하루 종일 바쁘게 움직여도, 어느 한순간 새벽의 마른공기 같은 공허함이 폐속 깊이 차오른다.

이유가 무엇일까. 메신저에는 친구들의 축하 메시지와 기프티콘이 가득 쌓이고, 꾹꾹 눌러쓴 손편지에 작은 선물을 건네주는 친구가 있는가 하면, 가족들은 케이크를 사와 생일 축하 노래를 불러준다. 참 감사한 일이다. 내가 뭐라고, 내가 뭘 했다고. 이렇게 과분한 대접을 받아도 될까 싶을 정도로. 그러나 우울함은 꼭 그 이후에 내 방문을 두드리고야 만다. 손님을 가려 받을 수만 있다면 문고리를 잠가버릴 텐데, 우울함, 이 녀석은 눈치 없는 손님처럼 들어와 내 속을 마구 휘저으며 떠들어댄다. '선물을 좀 적게 받았네?' '그 친구는 왜 연락 한 통 없냐?' '생일이 뭐 별거냐?' 사실 다 맞는 말이다. 그래서 반박할 수가 없다. 특히 마지막. 생일, 그게 뭐 별거야?

그래, 그게 뭐 별거겠는가. 지금 이 순간에도 엄청난 숫자로 카운팅될 인구 통계에 1 더했을 뿐인걸. 나만 겪은 것도 아니고, 태어나지 않은 사람도 없는걸. 이렇게 보면 정말 별거 아니다 싶은데, 꼭 생일만 되면 그게 별게 된다. 생일 때마다 우울해지는 이유는, 생일만 되면 생일이 별게 되어버리기 때문이다.

이 정도로 됐어, 이 정도로 충분해 하고 생각하는 반면 사실 진짜 속마음은 이렇다. '더 축하받고 싶어!' '오늘은 내 생일이잖아!' '다들 왜 이렇게 가볍게 넘어가는 거야?' 적당한 선에서 멈춰주면 좋으련만, 이런 생각은 꼬리에 꼬리를 물고 기어코 이 질문에까지 이르게 한다. '과연 나는 사랑받을 자격이 있는 사람일까?'

스물두 번째 생일, 유난히 비가 많이 오던 날이었다. 용인에서 자취를 하던 나는 자취방에서 홀로 쓸쓸하게 시간을 보내다 누나에게 문자를 하나 보냈다.

'나 너무 우울해.'

누나는 밥을 사주겠다며 서울로 오라 얘기했고, 그렇게 우리는 삼성동 코엑스에서 만났다. 누나는 나를 멕시칸 음식점으로 데리고 갔다. 그러고는 배가 터질 만큼 멕시칸 푸드를 사줬다. 배를 채우자 누나는 나를 신발 가게로 데리고 가서는 15만 원이 넘는 비싼 운동화를 생일 선물이라며 건넸다. 배도 채우고 생일 선물도 받고 나니 막차 시간에 가까워져 있었다. 작별 인사를 하려는 찰나, 누나가 넌지시 물었다.

"이제 안 우울하지?"

집으로 돌아오는 버스 막차에 몸을 싣고 품 안에 꼭 안긴 운동화를 바라보았다. 차창을 두드리는 빗줄기 소리가 조용히 내 어깨를 두드렸다. 심장이 곧 따뜻한 색으로 번졌다. 그제야 깨달았다. 내 우울함이 얼마나 어리석은 감정이었는지를. 우울하다는 말 한마디에 당장 나와 밥을 사주는 사람, 넉넉지 않은 사정에도 선물을 건네는 사람, 그런 사람이 내 곁에 있다는 게 얼마나 벅차고 감사한 일인가.

많은 사람에게 축하받지 못하면 어떤가. 내 생일을 깜빡하고 잊어버리면 어떤가. 누군가의 가슴속에 내 자리가 있기만 하다면야 그보다 더 좋은 게 뭐가 있으랴. 누군가가 내게 내어준 자리 한쪽, 그 자리가 내 자리라는 것. 그것만큼 벅찬 일이 또 있을까. 나는 사랑받을 자격을 얘기하기 전부터 이미 벅찬 사랑을 받고 있던 사람이었다. 아니, 실은 사랑받는 데 자격 같은 건 애초에 있지도 않았다.

사랑받는 데는 자격이 없다. 만약 자격이 있다면 그건 '존재'라는 자격일 것이다. 「당신은 사랑받기 위해 태어난 사람」이라는 노

래도 이렇게 말하지 않는가.

당신은 사랑받기 위해 태어난 사람
당신의 삶 속에서 그 사랑받고 있지요
당신이 이 세상에 존재함으로 인해
우리에게 얼마나 큰 기쁨이 되는지

노래는 우리는 모두 태어났기에 사랑받아야 한다고 얘기한다. 내가 어떤 사람이든 '존재하기' 때문에 사랑받아야 한다고.

조건도, 자격도 없는 것. 내 존재 자체만으로 누군가에게는 큰 행복이며 기쁨이 될 수 있는 것. 그것이 사랑이다. 이 사실을 알면서도 피부로 느끼기란 참 힘들다. 누군가 말로, 행동으로 확인을 시켜줘야지만 그제서야 조금 알 것 같다. 그래서 생일이면 자꾸만 우울해진다. 확인받지 않으면 내가 사랑받을 자격이 있는 사람인지 자꾸 의심하게 되니까.

그러나 결국 우리는 안다. 누군가의 마음 한편에 내가 누울 자리 하나쯤은 있다는 것을. 우울하다는 말 한마디에 달려 나와준 누나처럼, 「당신은 사랑받기 위해 태어난 사람」이라는 노래처럼, 내 존재 자체만으로 사랑을 주는 사람들이 있다는 것을.

'과연 나는 사랑받을 자격이 있는 사람일까?'

더 이상 이 질문의 대답을 다음 생일로 유보하지 말자. 우리는 이미 답을 알고 있다. 사랑에도 자격이 있다면 그 자격의 이름은 '존재'라는 것을 말이다.

잃어버린 기억들을
애도하며

사라진 양말 한 짝은 어디로 가는 걸까? 사라진 속옷은? 먹다 떨어뜨린 비스킷 한 조각은? 가방에 넣어둔 줄 알았던 노트는? 서랍에 있는 줄 알았던 앨범 사진은?

생각한다. '잃어버린 것들'의 세계가 존재할 것이라고. 잃어버린 양말 한 짝, 아끼던 속옷, 비스킷, USB, 펜과 노트, 지우개 등이 한데 쌓여 있는 세계가 있을 거라고. 그게 아니라면 그것들이 사라질 이유가 없지 않은가. 그들은 호시탐탐 기회를 노리다 이때다 싶어 도망을 간 것이다. 빨래통 속 양말 한 짝은 새 짝을 찾아 여행을 떠나고, 바닥에 떨어뜨린 비스킷은 내 입보다 더 나은 집을 찾아나선다. 그들은 '잃어버린 것들의 세계'에 한데 모여 다시

는 돌아가지 않을 것을 약속한다. '우리 주인은 참 별종이었어' 같은 험담을 할지도 모른다.

'잃어버린 것들의 세계'에는 양말이나 속옷만 있는 게 아니다. 그곳엔 내가 깜빡하고 잊은 기억들도 있다. '내일까지 접수해야지' '밥 먹고 청소해야겠다' '약속 시간이 12시였던가' '그 책 꼭 읽어야 돼' '올해 목표는 매일 운동하기다' '누나한테 갚을 돈 3000원' 같은 기억들. 자꾸만 새로운 생각이 기존 생각을 치고 들어오는 바람에 버려지는 기억이다.

나는 이 버려진 기억들에 '양치의 시간'이란 이름을 붙여줬다. 이런 생각들은 대개 머리를 감거나, 손을 씻거나, 혼자 밥을 먹거나, 대중교통을 타고 이동하거나 혹은 특히 양치할 때 많이 떠오르기 때문이다.

나는 어렸을 적부터 생각이 많았다. 양치를 할 때뿐만이 아니라 집에 가만히 누워 있거나, 학교를 왔다갔다할 때도 그랬다. 사실 그것을 즐기기도 했다. 초·중학교 시절엔 상상하는 것이 즐거워 일부러 혼자 집에 가기를 자처한 적도 많다. 머릿속으로 영화를 찍었다. 주인공과 그의 친구들을 만들고 그들의 이야기를 그리며 집으로 돌아온다. 흥분해서 내가 만든 스토리에 빠져 있다보면 어느새 집 앞이었다. 집이 좀더 멀었으면, 하고 바라기도 했다. 그때 그 이야기들은 아마 '잃어버린 것들의 세계'에 가 있겠지. 언젠가 글이든 만화든 영화든 탄생되기만을 기다리고 있을 텐데.

생각이 너무 많다는 건 자료의 양이 방대하다는 뜻이기도 하지만 그만큼 질이 일정하지 않다는 말이기도 하다. 가끔은 내가 생각하기에도 '정말 쓸데없는 생각'에 사로잡혀 고통받는다. 그런 생각이 많아지면 머리 뚜껑을 돌려 연 다음 뇌를 세척하고 다시 집어넣고 싶어진다. '저 사람 나를 이상한 눈초리로 쳐다봤어' '소심하다고 생각하면 어떡하지?' '오늘 머리에 너무 힘준 것 같은데 오버한다고 생각하려나?' '그만둔다 얘기하면 날 미워하겠지' '저 머리카락에 붙은 먼지 떼어주고 싶다' '되가 아니라 돼야' '라면 물을 너무 적게 넣었잖아. 내 인생은 망했어' '이 선물 준다고 오해하진 않으려나?' '술자리에 안 가면 섭섭해할 거야' '이 여드름 안 없어지면 어떡하지' 같은 생각들이다. 이런 생각은 '잃어버린 것들의 세계'에 가지도 않는다. 끊임없이 머릿속을 맴돌며 강강술래를 춘다. 내 뜻대로 '잃어버린 것들의 세계'에 보낼 수만 있다면 이런 놈들만 한데 묶어 던져놓을 텐데. 정작 중요한 애들은 제 발로 그곳으로 걸어 들어가고, 버리고 싶은 기억들은 여전히 남아 있다.

기가 막힌 아이디어들이 '잃어버린 것들의 세계'로 사라지는 게 실상이니 아까운 마음을 감출 수가 없다. 양치할 때 정말 기가 막힌 아이디어가 많이 떠올랐었거든! 남은 거라곤 '이건 대박이다' 했던 기억뿐이다. 양치할 때나 큰일을 볼 때 이런 번쩍이는 아이디어가 많이 떠오르다니 너무해. 메모를 할 수 없는 상황이잖아. 휴대전화에 메모를 하면 되지만, 애초에 휴대전화를 갖고 들어갔다면 기가 막힌 아이디어가 나올 확률은 희박하다. 엄지손가락으로 타임라인 쓰기 바쁘거든요.

그래서 이 글을 적는다. 양치의 시간에 사라져버린, '잃어버린 것들의 세계'로 가버린 불쌍한 내 기억들을 애도하기 위해.

한 가지 위안이 되는 사실은 기가 막히던 그 생각들이 실은 별 볼 일 없는 것일 수도 있다는 점이다. 왜, 블록버스터급 영화 뺨치는 꿈을 꿨다가도 깨고 나서 설명하다보면 별것 아닐 때가 굉장히 많지 않은가. 떠오른 당시에는 '아, 이제 내 인생 폈다' 싶은데 곰곰이 생각해보면 흔한 생각이거나 별 볼 일 없는 생각일 수 있는 것이다. 그런 의미에서 사라진 기억들이 떠오르지 않는 게 다행일지도 모르겠다.

그래도 양치의 시간이 도움이 될 때도 있다. 지금 쓰는 이 글도 양치의 시간에 떠오른 글이거든요. '뭐야, 쓸데없는 얘기만 늘어놓은 글이잖아'라고 생각한다면 어쩔 수 없고. 어쩌면 잃어버린 기억들도 죄다 이 글 같은 것일 수도 있으니까. 그 기가 막히던 기억들을 가져다 글을 써도 이런 모양새와 크게 다르지 않을 수도 있다고요.

잠깐, 그래도 다음 글, 읽어보고 싶지 않나요? 고개를 끄덕였다면, 그래, 그게 내가 양치의 시간을 멈추지 않는 이유다.

가 짜 비 밀 의
향 연

누구나
비밀은 있다

나에겐 아무한테도 말할 수 없는 비밀이 있다.

이 문장이 호기심을 자극했다면 당신은 비밀의 포로다. 걱정은 넣어두시길. 어차피 우린 모두 비밀의 포로니까.

하루에도 수십 번, 우리는 비밀을 소비한다. 텔레비전, 신문, 카페, 술자리, 카톡 어디든 상관없다. 누가 공금을 횡령했느니, 톱스타 A양과 교제하는 B의 정체가 누구냐느니 하는 시시콜콜한 안줏거리용 비밀부터 지극히 사적인 비밀까지. 단골 멘트인 "너한테만 하는 말인데……"와 함께 '비밀'은 비밀이란 이름이 무안할 정도로 남발되고 있다.

내가 아는 비밀의 정의는 '말할 수 없는 진실'이다. 사전에서

는 이렇게 말한다. '숨기어 남에게 드러내거나 알리지 말아야 할 일', 고로 비밀은 '말할 수 없는 것'이다. 그리고 동시에 '진실'이다. 되돌리거나 바꿀 수 없는 진짜 사실. 그래서 감추고 싶은 것. 내가 산 가짜 명품백이 가짜라는 사실을 누가 들키고 싶겠는가. 말할 수 없는 진실. 그게 비밀이다.

하지만 정의대로라면 무분별하게 비밀을 얘기하는 일은 없어야 한다. 따라서 무분별하게 남발하는 비밀은 모두 '가짜 비밀'이다. 입 밖으로 내도 안 내도 그만인, 술자리 진실게임에서 오고 가는 그런 비밀 말이다. 그저 씹을 거리가 필요했던 우리에게 던져진 안주인 것이다.

이 비밀들이 가짜라는 것을 우리는 이미 잘 안다. 그럼에도 계속해서 비밀을 얘기하는 이유는 혹시 모를 진실이 숨겨져 있을지도 모른다는 기대 때문이다. 기대는 진실이 추악하고 수치스러운 것일수록 더 커진다. 그리고 마침내 그 진실이 사실로 밝혀졌을 때 기다렸다는 듯 한마디씩 한다. "내 그럴 줄 알았어."

가끔 이럴 때 사람들은 진실보다 씹을 거리가 필요한 듯하다. 그러니 근거 없는 루머만 만드는 가짜 비밀을 소비하기보단 입에 오징어 하나씩 물려주는 게 낫겠단 생각도 한다.

영화 「클로저」에 이런 장면이 있다. 댄과 연인관계인 안나는 그와의 만남을 위해 전남편과 이혼을 결심한다. 안나는 이혼 서류에 도장을 받아내기 위해 전남편을 찾아가는데, 전남편은 이혼 서류에 도장을 찍어주는 대가로 잠자리를 요구하고 결국 둘은 자게 된다. 이에 이상한 낌새를 느낀 댄은 안나를 추궁하기 시작한다. 안

나는 결단코 아무 일도 없었다고 말하지만 '진실'을 알고 싶다는 댄의 간절한 한마디에 결국 솔직하게 고백한다. 그러나 안나를 보는 댄의 눈빛은 마치 창녀를 보듯 싹 바뀌어 있다.

진실을 바라는 마음속엔 이미 원하는 그림이 그려져 있다. 댄은 관계라는 이름의 인질을 붙잡아둔 채 진실을 흥정한 것이다. 사실 원한 건 환상, 즉 안나가 이혼 서류에 도장만 받아와야 했던 것이다. 그러나 그놈의 '혹시 모를 진실'에 사로잡힌 댄은 관계를 빌미로 안나에게 진실을 요구한다. 그래놓고는 진실이 사실로 밝혀지자 대놓고 안나를 경멸한다. "내 그럴 줄 알았어."

비밀이 괜히 비밀이 아닐 텐데, 숨겨놓은 진실이 결코 예쁜 모양은 아닐 텐데, 그걸 알면서도 그러지 않기를 바란다. 결국 안나는 인질로 잡힌 관계를 풀어주기 위해 진실을 털어놓지만, 댄은 그 진실 때문에 관계의 목을 처참하게 졸라버린다. 참 모순이다. 진짜 비밀은 무언가를 포기하지 않는 이상 절대 알 수 없다. 비밀은 그러라고 있는 거다. 정말로 댄이 진실을 알고 싶었다면 무언가를 포기할 각오를 하고 있어야 했다. 하지만 그는 겉으론 이해할 수 있는 척하면서 진실이 드러나니 안나를 경멸하는 모순을 저지른다.

안나가 전남편의 요구를 들어주면서까지 이혼 서류에 도장을 받았던 이유는 댄과의 관계를 지속하고 싶었기 때문이다. 처음부터 댄에게 솔직하게 말하지 못한 것도 그와의 관계 때문이었다. 그러나 댄에게는 관계 같은 건 중요한 문제가 아니었다. 그에게 중요한 건 오직 하나. '내 여자가 딴 남자와 잤다니!'

댄과 같은 모순을 저지르는 사람이 얼마나 많은가 생각해본다. 가까운 관계일수록 진실을 알고 싶어하지만, 결국 원하는 건 환상일 뿐인 사람들이 얼마나 많던가.

"성형했어요?" "결혼은 안 하세요?" "여자 친구 있어요?" 우린 이런 비밀스러운 질문을 즐긴다. 당사자가 무슨 답을 해야 하는지 뻔히 알면서 이런 공허한 질문들을 끊임없이 던지는 것이다. 면접이나 소개팅, 친구들과의 술자리에서도 마찬가지다. 계속해서 공허한 질문과 대답만이 공기 중에 떠다닌다. 속이 텅 빈 질문, 그리고 텅 빈 대답. '가짜 비밀'의 향연이다.

이런 곳에 쓸 수 있는 비밀이란 것도 대개 그런 얘기뿐이다. 사사로운 이야기지만 내가 꺼낼 수 있는 사적인 이야기들은 극히 제한되어 있다. 누구나 솔직함을 원하지만 그 솔직함은 예쁜 것이어야만 하니까. 적당히 귀여운 그림에 적당히 솔직해 보이는 예쁜 내용. '사적인 얘기'라는 흥미를 끌 만한 제목을 달고 예쁜 이야기만 골라서 쓴다. 결국, 내 글도 '가짜 비밀' 덩어리다.

진실된 글을 쓰고 싶다. 누구나 원하는 진짜를 쓰고 싶다. 가짜로 사람들의 마음을 움직이고 싶지 않다. 이제 와서 이런 생각을 해본다. 하지만 걱정이 앞선다. 사람들이 내 진짜를 받아들일 준비가 되어 있을까? 댄처럼 무언가를 포기할 준비가 되어 있지 않은 것은 아닐까. 그래서 난 계속해서 가짜 비밀 냄새나는 글을 쓴다. 나만 보는 일기장에마저 솔직한 이야기를 적지 못한다. 그렇게 적어 내려간 가짜 비밀에 이제는 질식할 것만 같다. 이젠 진짜 내 얘기를 하고 싶다. 진짜 사사로운 이야기를 하고 싶다.

그대여,
아무 걱정하지 말아요

"아무리 걱정해봤자 해결될 게 없어. 그냥 잊어버려."

맞는 말이다. 그런데 걱정하고 싶어서 걱정하는 게 아니잖나. 해결되지 않는다는 것을 알면서도 자꾸만 머릿속에 맴도는 걸 난들 어떻게 한단 말인가. 바야흐로 위로의 시대다. 그렇게 느꼈던 게 언제부터였던가. 아마도 '힐링'이란 단어가 등장하면서부터가 아닐까.

'힐링healing'이란 단어가 처음 등장했을 때 사실 거부감부터 들었다. 힐링은 치유한다는 뜻이고, 그 말인즉슨 힐링받는 본인이 '환자'라는 얘긴데, 이런 의미가 어쩐지 불편했다. 전에도 출처 모를 영단어 웰빙이 인기였던 적이 있었는데, 힐링은 웰빙과는 다른 이유로 유행인 것 같다. 웰빙이 '이제 국민소득도 좀 올랐겠다, 너도 나도 건강하게 잘 살아보자' 같은 사회적 운동으로 느껴졌다면 힐링은 뭐랄까, 무릎에 난 자그마한 생채기 정도로 '너무너무 아파요' 하고 엄살 부리는 느낌이었다고 할까. 힐링이란 단어가 등장한 이후로 각종 매스컴과 광고, SNS, 심지어는 뉴스에서까지 이 단어를 밥 먹듯이 사용했으니, '아니, 도대체 얼마나 병들었길래 너도나도 힐링이래' 하는 생각을 하는 것도 그리 이상한 일은 아니었다. 힐링 여행, 힐링 음악, 힐링 푸드, 힐링 카페 등 전국 각지에선 말 그대로 '힐링' 열풍이 일어났다(현재 진행형이기도 하다). 전국에 환자가 이리도 많았나 싶었다.

힐링이란 단어에 공감하기 시작한 건 엄마가 이 단어를 사용했을 때부터였다. 엄마는 일밖에 모르고 사는 분이었다. 그런 엄마가 어느 날 밥을 먹다 한마디 툭 던졌다.

"엄마, 여행 갔다 오려고."

그동안 좋은 곳으로 여행 좀 다녀오라고 아무리 얘기해도 어떻게 탁구장을 비우고 가느냐는 대답만 들어왔으니(엄마는 탁구장을 운영 중이다), 엄마가 던진 말은 적잖이 놀라웠다. 탁구장 회원들에게 흥미로운 여행 경험담이라도 들은 걸까, 역마살을 자극하는 여행 다큐멘터리라도 본 걸까. 엄마 입에서 여행을 가겠다는 말이 나오게 된 출처가 사뭇 궁금해졌다. 아니, 그보다 엄마 스스로 '뭔가를 하고 싶다'고 얘기한 게 처음인 것 같아 그 변화의 이유가 더 궁금했다. 이유야 어찌 됐든 내겐 매우 반가운 소식이었다. 그동안 혼자만 여행을 다닌다는 죄책감이 쌓일 대로 쌓여 있었기 때문이다. '엄마도 이 좋은 걸 보면 참 좋을 텐데' 하는 생각이 흘러넘치던 시기였다.

엄마는 친구와 함께 3박 4일로 보라카이 여행을 떠났다. 여행을 떠나기 전, 여권도 없던 엄마를 위해 직접 여권 사진을 찍어주었다. 사진을 찍다보니 본의 아니게 엄마 얼굴을 자세히 보게 됐다. 그리고 보니 엄마 얼굴을 이렇게 가까이서 봤던 게 언제였더라. 엄마 얼굴이 갑자기 낯설게 느껴졌다. 바람이 쓸고 간 사막의 지표 같은 세월의 주름들이 새겨져 있었다. 생전 처음 해외여행을 떠나는 엄마를 위해 아들이란 놈이 해줄 수 있는 것은 고작 사진을 찍어주는 일뿐이었고, 카메라를 쥔 아들 앞에 엄마 얼굴은 낯설 정도로 상해 있었다. 깊게 팬 잔주름, 그중 내가 만들지 않은 것이 없을 거란 생각에 울컥 슬픔이 턱 끝까지 차올랐다. 눈물을 주체할 수 없어 뷰파인더에 눈을 묻고는 카메라를 천장 쪽으로 향하게 했다.

여행을 다녀온 엄마는 놀랍도록 변해 있었다. 뷰파인더 속 상한 얼굴의 엄마는 온데간데없었고, 숨길 수 없는 행복한 표정으로 여행 얘기에 열을 올리는 엄마가 있었다. 그곳에서 먹은 음식 얘기, 마사지 받은 얘기, 아름다웠던 석양 얘기, 모래사장 위에서 본 샌드 아티스트의 작품 얘기……. 그리고 그 긴 이야기는 한마디로 마무리되었다.

"원 없이 힐링하고 왔네."

힐링. 내가 아니꼽게 바라보던 그 단어, 힐링. 아아, 힐링이 필요한 사람은 가장 가까이에 있는 엄마였구나. 엄마는 그동안 병들

어 있었구나. 매일같이 반복되는 힘든 일상에, 일하면서 생기는 사사로운 감정 싸움에, 여러모로 신경 쓰이는 아들딸…… 엄마는 치유가 필요한, 힐링을 원하는 환자였던 것이다. 지칠 대로 지쳐 있고 병든 상태였다는 것을 무의식중에 고백해버린 엄마를 통해서야 그 사실을 알게 됐다.

그때 깨달았다. 우리는 모두 저마다의 이유로 일상에 치여 조각 난 환자들이라는 것을. 눈에 보이는 아픔이 아니어도 병들어 있고, 그렇기에 끊임없는 응원과 위로가 필요한 외로운 존재라는 것을.

여행을 떠나고, 그림을 그리고, 글을 쓰고, 무대 위에서 노래하고 연기하는 건 어쩌면 나 자신을 치유하기 위한, 힐링하기 위한 행동이었을지도 모른다. 그 모든 행위의 중심엔 늘 불안하고 불완전한 병든 내가 있었고, 그런 나를 극복하고 싶어 선택한 일이었다.

그동안 그 아니꼬운 단어, 힐링을 몸소 실천해온 건 다름 아닌 나 자신이었다. 그제야 힐링을 제대로 이해할 수 있게 됐다. 누군가가 그러한 해소 행위를 '힐링'이란 단어로 표현했고, '보이지 않는 병'에 걸린 사람들은 본인의 아픔과 고통을 이해해주는 단어의 등장에 열렬히 환호했다. 아프니까 청춘이다, 고생 끝에 낙이 온다, 밑도 끝도 없이 '강한 멘탈'을 요구하는 우리 인생에서 힐링의 등장은 많은 사람에게 어쩌면 합법적인 위로와 응원처럼 느껴졌을 것이다. "아파도 괜찮아요. 당신은 환자니까요. 환자가 아픈 건 당연한 거니까요."

끊임없이 쏟아지는 걱정의 홍수 속에 온몸으로 비를 맞아내는 그대가 있다. 당장 이번 달에 해결해야 할 집세가, 해도 해도 끝이 보이지 않는 밀린 일들이, 너무나 불투명한 앞날이 걱정인 그대가 있다.

라디오에서는 '그대여, 아무 걱정하지 말아요' 같은 노래가 흘러나오고 텔레비전에서는 너도나도 '힘내세요!'를 외친다. 위로가 필요한 시대, 위로가 당연한 시대에 살고 있는 우리는 걱정되는 것이, 아픈 것이, 힘든 것이 당연하다. 그러니 울어도 된다. 그래도 된다. 위로가 당연한 세상에 살고 있으니. 그러니 그대, 이제 울어봐요.

사라지는 것에도
영원한 것이 있다

4차 산업혁명으로 5년 안에 500만 개의 일자리가 사라진다고 한다. 진작 이런 날이 올 줄 알았다. 스마트폰이 등장하고 말도 안 되게 빠른 속도로 세상이 변했다. 그렇지 않아도 이미 많은 것이 사라졌다. 무엇이 무엇을 사라지게 한 걸까.

먼저 '스트리밍 서비스'가 가장 많은 것을 사라지게 했다. 스트리밍 서비스란 문자 그대로 실시간으로 물 흐르듯 콘텐츠를 감상하는 것을 말한다. 실시간으로 음악을 듣거나 동영상이나 영화 따위를 볼 수 있는, 스마트폰을 가진 사람이라면 거의 대부분이 이용했을 법한 낯설지 않은 서비스다.

이로 인해 무엇이 사라졌느냐. 왜, 안 그래도 그 존재가 희미했

던 CD나 비디오 같은 것들을 이제 더 이상 보기 힘들어졌다. 가수들의 앨범 판매량은 가요 프로그램에서 순위를 결정하는 데도 예전만큼 큰 영향을 미치지 않게 되었다. 특정 아티스트를 정말 좋아하지 않는 한 구매로까지 이어지는 일이 극히 드물어졌다(그마저도 감상용이 아닌 소장용이다). 일본의 가수 하마사키 아유미가 USB로 음반을 제작해 화제가 됐었는데, 최근 지드래곤도 같은 방식으로 앨범을 제작했다. LP에서 테이프로, 테이프에서 CD로, CD에서 USB로. 다음 종착지는 어디일까?

우리 동네 만화방도 사라졌다. 추운 겨울만 되면 이불을 뒤집어쓰고 읽었던 만화책은 이제 아련한 추억이 되어간다. 손톱이 노랗게 물들 때까지 귤을 까먹으며 만화책을 넘기고 있으면 겨울의 추위는 다 지나가고 없었다. 시큼한 귤 냄새 풍기는 추억들을 이제 다시는 만날 수가 없게 됐다. 불법 스캔본이 판치는 세상, 스마트폰 스크롤을 죽죽 내려가며 만화를 볼 수 있는 세상이 도래했으니.

이젠 영화도 스트리밍으로 서비스한다. 여전히 극장은 극장만이 가진 낭만과 분위기로 사람들을 끌어모으고 있지만 혹시 모르는 일이다. 극장도 아날로그스러운 추억이 될지.

최근에는 '패션 스트리밍'도 생겼다. 월정액으로 돈을 지불하고 원하는 옷을 빌려 입는 서비스다. 비싸거나 구하기 힘든 옷들을 빌려 입을 수 있다는 게 장점이라는데, 덤벙대는 나는 옷에 케첩이라도 흘릴까 무서워 절대 못 할 것 같다. 그리고 보면 빌리는 것이 옷뿐이랴. 이제는 너무 유명해진 '에어비앤비'는 누군가의 집을 빌리는 것이지 않나.

이렇게 보니 4차 산업혁명은 내 것을 온전히 소유하는 것보단 빌려 쓰는 것에 어울리는 흐름을 타고 있다. 사람들은 더 이상 CD도, 비디오도, 옷도, 집도 소유하지 않는다. 스트리밍으로, 실시간으로 빌리면 그만이다. 그런 세상이다.

빌려 쓰는 것은 편하다. 저렴하고, 경제적이고, 마음에 들지 않으면 미련 없이 버릴 수도 있다(쓰레기도 남지 않는다). 마음에 들지 않는 물건을 아깝다고 꾸역꾸역 갖고 있을 필요가 없다. 주인에게 돌려주면 그만이다. 그러나 이런 흐름 속에서도 딱 하나, 내가 '굳이' 빌리지 않고 사는 것이 있다. 바로 책이다.

예전부터 책은 꼭 사서 읽었다. 대부분은 한 번 읽고 말거나, 또 요즘 책값이 예사롭지 않은 것을 생각하면 돈이 아깝게 느껴질 만도 한데 이상하게 책에 쓰는 돈은 아깝지 않다. 물론 모든 책을 돈 주고 사 읽는 것은 아니다. 한번 빌려서 읽어본 책이 마음에 들었거나, 좋아하는 작가의 신간이거나, 책의 디자인이 취향일 때 구입한다. 그렇기에 실패할 확률도 적고, 이 말인즉슨 책을 손안에 넣었을 때 만족할 확률이 크다.

책을 굳이 사서 읽는 가장 큰 이유는 소유욕이 아닐까 싶다. 낯선 책장에 꽂힌 무수한 책들 중 하나를 '내 것'으로 만들고 싶은 욕구랄까. 빌려 쓰는 것이 당연해진 시대에도 무언가를 소유하는 데서 오는 만족도, 즉 그 가치는 변하지 않은 것이다.

이 세상의 콘텐츠들이 소유할 수 없는 형태로 변해가는 것이 두렵다. 소유하고 싶은 욕구는 여전한데 소유할 수 있는 것들은 눈에 보이지 않는 세계로 사라져가니까. 그래서 책을 사서 읽는 것

같다. 날이 갈수록 국민 독서량이 줄어들며 그에 따라 독서 판매량도 뚝뚝 떨어진다고 하지만, 그럼에도 책은 끊임없이 쏟아져 나오고 계속해서 책을 사는 사람들이 있다. 그렇다는 건 영원한 무언가를 지키고 싶은 사람이 비단 나뿐만은 아니라는 뜻 아닐까.

책을 사는 행위는 꽃을 사는 것과 비슷한지도 모른다. 반드시 필요하진 않아도 그것이 가진 빛깔, 질감, 향기를 소유하고 싶은 것. 책장을 넘길 때 느껴지는 빳빳한 감촉과 사각거리는 소리 그리고 은은한 종이 냄새. 그리고 어쩐지 온도가 느껴지는 까맣게 인쇄된 아름다운 문장들. 책이라는 이름의 꽃을 책장이란 유리병에 담아두고 있으면 무언가 충만한 것이 심장 깊숙한 곳까지 번진다. 새 책의 겉모습은 빛에 바래지만, 읽고 나면 가슴속에 무언가가 영원히 남는다. 마치 꽃처럼. 사라지지만 다른 형태로 영원한 것. 꽃과 책은 닮았다.

사라지는 것 속에도 영원한 것이 있다. 아무리 빠르게 세상이 변한다 해도 무언가는 영원히 남는다. 결국 책을 사서 읽는다는 건 내게 영원한 어떤 것을 남기고 싶다는 표현이다.

스마트폰 중독에
대처하는 우리의 자세

한번 빠지면 헤어나올 수가 없다. 눈을 감아도 자꾸만 떠오르고, 보는 것만으로 한두 시간이 어떻게 지나갔는지도 모르게 사라져 있다. 친구와 얼굴을 맞대고 대화를 하는 중에도, 밀린 과제를 하는 중에도, 혼자서 밥을 먹는 중에도 자꾸만 신경 쓰이는 이 녀석. 늘 곁에 있지 않으면 나를 불안하게 만드는 이 녀석. 그렇다. 스마트폰 얘기다.

이 정도일 거라고 누군들 상상이나 했겠는가. 웬 청바지 차림의 중년 아저씨가 짜잔 하고 나타나 아이폰 같은 걸 내놓았을 때만 해도 말이다. 그 아저씨 회사가 미치게 좋아하는 단어가 아마 '혁명'이었던가. 요즘 생활을 들여다보고 있으면 정말 이게 혁명이 아

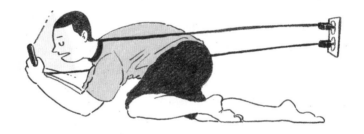

니면 뭐겠는가 싶다. 이런 비약적인 변화에 어울리는 단어는 혁명 밖에 없을 테니.

스마트폰이 일으킨 가장 큰 변화는 아무래도 소통이 아닐까? 문자, 전화로만 연락할 수 있었던 과거와 달리 이젠 언제 어디서든, 심지어는 얼굴까지 보면서 이야기할 수 있게 되었으니까. 무료 통화와 무료 문자를 이용할 수 있는가 하면, 문자를 조합해서 만든 이모티콘이 아닌 화려하게 움직이는 이모티콘으로 감정을 더 다채롭게 표현할 수 있게 됐다. 그뿐이랴. SNS로 지금 내가 있는 장소가 어디인지, 무슨 음악을 듣고 있는지, 어떤 음식을 먹고 있는지 전부 보여줄 수 있고 기념일엔 직접 만나지 않고도 선물을 보낼 수 있으니, 이 어찌 소통의 혁명이 아니겠는가.

여행에 일으킨 변화 또한 어마어마하다. 21세기에 스마트폰 없는 여행이 가능하긴 할까? 한 손 안에서 비행기 예약부터 먹을 것, 잠잘 곳까지 해결이 가능하고, 특히 나는 스마트폰 세대에 막 탑승할 무렵 여행을 떠났으니, 스마트폰 없는 여행이 그려지지 않는다. 구글맵 없이, 숙박 어플 없이, 메신저 없이 여행이 가능하다고? 어플을 이용해 숙소를 구했고, 구글맵의 네비에 의존해 길을 찾았다. 여행자 커뮤니티의 추천 레스토랑을 찾아 실패 확률을 줄이기도 했고, 여행 막바지엔 디지털카메라 대신 스마트폰 카메라를 훨씬 더 많이 사용하기도 했다. 비상 상황에 어디론가 급히 연락을 했던 일, 와이파이를 잡아 필요한 정보를 찾았던 경험까지 떠올리니, 어쩌면 여행에 있어 스마트폰은 비행기 티켓보다 중요한 준비물이 아닌가 싶다. 아마 돈 없이도 스마트폰만 있다면 어떻게든 여행을 할 수 있을 것이다. 그런 세상이 왔다.

이렇듯 변화가 비약적이니, 주위 풍경도 많이 달라진 것 같다. 다들 말없이 폰만 만지고 있는 광경을 쉽게 볼 수 있다. 스마트폰은 우리에게 편리함을 가져다준 대신 대화를 빼앗아버렸다.

이 모든 탓을 괜히 똑똑해서 죄인 스마트폰 씨에게 돌리고 싶지 않다. 우린 진작 대화를 잃어왔다. 텔레비전이 바보상자였던 때도 있었다. 그 앞에만 앉으면 시간 가는 줄 모르고 아무 생각 없이 바보처럼 웃고 울게 만든다 하여 붙은 이름이다. 바보상자의 등장에 우리는 회의적이었다. 밥상에서의 대화가 사라졌기 때문이다. 그런데 이젠 가족들이 다 같이 '바보상자' 앞에 둘러앉은 풍경은 더없이 따뜻한 그림이 되어버렸다. 서서, 누워서, 앉아서 언제든 볼 수 있는 개인 텔레비전, 스마트폰이 생겨버렸으니 말이다. 이다음이 뭐가 될지는 가늠이 되지 않지만, 분명한 건 이 개인주의로 똘똘 뭉친 스마트폰 역시 언젠간 따뜻한 그림이 될 것 같다. 그러니 애꿎은 스마트폰 씨에게 모든 죄를 덮어씌우고 싶지는 않다.

아무리 그래도 그렇지, 지금의 지하철 풍경은 아무리 봐도 적응이 되질 않는다. 언젠가 지하철에서 스마트폰 삼매경에 빠져 허우적대다 고개를 든 순간 그대로 굳어버린 경험이 있다. 내가 탄 칸의 모든 사람이―정말 단 한 사람도 빠짐없이―스마트폰을 만지고 있었기 때문이다. 순간 이런 생각을 했다.

'우린 같은 장소에 있는 동시에, 절대 같은 곳에 있지 않구나. 그리고 앞으로도 절대 같은 곳에 있을 수 없겠구나.' 사당으로 향하는 4호선 열차에 탑승한 승객들이, 같은 목적지를 향하면서도

각기 다른 열차에 탑승하고 있는 것 같은 기분이 들었다.

사실 스마트폰으로 하는 일은 전혀 거창할 게 없다. 아니, 오히려 잉여로운 데다 쓸모없기까지 하다. 내 경우는 밑도 끝도 없는 인터넷 서핑이다. 끝없이 텔레비전 채널을 돌리는 것처럼 기약 없는 서핑을 하는 것이다. 거기엔 목적도 목표도 없다. 그래서 하고 나면 허무하기만 하다. 그걸 너무 잘 알면서도 멈출 수가 없다. 중독되었기 때문이다.

중독을 끊는 방법은 단 한 가지, 하지 않는 것이다. 담배 중독은 담배를 끊어야, 알코올 중독은 술을 끊어야 벗어날 수 있듯이 스마트폰 중독도 마찬가지다. 스마트폰을 끊어야만 중독에서 해방될 수 있다.

그러나 스마트폰은 이미 생활 속 아주 깊숙한 부분까지 들어와 버렸다. 스마트폰 없이 산다면 삶의 상당 부분이 마비될 게 분명하다. 그러니 상생할 수 있는 방법을 찾아야 한다. 스마트폰을 정말 스마트하게 쓸 수 있는 방법 말이다.

대화가 사라진 건 스마트폰 잘못이 아니다. 만약 삶에서 대화가 사라졌다면, 혹은 사라지고 있다면 그건 전적으로 내 책임이다. 이제 기술은 필요가 아닌 욕구에 의해 선택된다. 필름 카메라밖에 없던 시절엔 필름 카메라가 유일한 선택 사항이었다. 하지만 이젠 DSLR, 미러리스 등 다양한 디지털카메라가 나왔고, 원하는 것을 선택할 수 있는 시대가 왔다.

우리가 **빼앗겼다**고 생각하는 대화도 마찬가지다. 우리 곁엔 눈을 맞추고 대화를 할 수 있는 사랑하는 사람들이 있다. 그럼에도 불구하고 스마트폰 속 세상을 택했다면, 그건 오로지 내 욕구에 의한 선택이다. 사실 대화는 사라진 것이 아니라 선택되지 않았을 뿐이니까.

스마트폰의 '스마트'를 다시 생각해볼 필요가 있다. 대화를 선택하지 않는 것이 과연 '스마트'한 일일까? 만약 지금 내 앞에 소중한 사람이 나를 바라보고 있다면, 내게 말을 걸고 있다면 스마트폰을 잠시 내려놓는 건 어떨까. 스마트폰의 '스마트'가 중독의 유혹 앞에서도 소중함을 분별할 수 있는 능력을 말하는 건 아닐까 생각해보며 말이다.

이렇게 쓰면
기분이 좋거든요

얼마 전에 반바지를 입고 밖에 나갔다. 굵은 다리 때문에 반바지를 잘 입지 않는데, 굳이 반바지를 입은 이유는, 이렇게 입으면 기분이 좋거든요!

반바지를 입지 않을 이유는 수십 가지다. 다리가 굵으니까, 다른 사람들 시선이 신경 쓰이니까, 입고 나갔다가 괜히 후회할 것 같으니까……. 그러나 반바지를 입어야 하는 이유는 딱히 없다. 그럼에도 나는 반바지를 입고 나갔다. 가끔은 그런 날이 있는 법이다. 아무런 이유 없이도 마음 내키는 대로 하고 싶은 날.

나는 이유에 갇혀 살고 있다. 무슨 일을 하든지 스스로에게 항상 '왜?'라고 묻는다. 왜 공부를 하니? 왜 이 음식을 먹니? 왜 이

일을 하니? 왜 이 옷을 입니? 왜 학교에 다니니? 왜 그 사람을 만나니? 왜 여행을 가니? 왜? 왜? 왜?

"왜?"라는 질문은 좋다. 삶에 의문을 던지는 일은 매우 중요하다. 우리가 어디서 왔고 어디로 가는지 아무도 모른다. 끊임없이 질문을 던져야만 삶에 대한 태도가 의욕적이 될 테니까, 질문은 좋은 자세다.

그러나 '왜?'라는 질문에는 자연스레 정답이 따라오고, 도무지 정답이 나오지 않을 때 그 부담은 고스란히 내 것이 된다. 스스로에게 '왜?'라는 질문을 던질 때마다 납득할 만한 정답, 즉 '이유'를 찾지 못하면 무력감을 느끼게 되는 것이다.

그 무력감의 원인은 '왜?'라는 질문 자체에 있지 않다. 질문을 던지는 진짜 속내가 문제다. 지금 이 시대의 '왜?'라는 질문은 대개 순수한 호기심보다는 정답에서 비껴나갔을 때 사용되는 경우가 훨씬 많기 때문이다.

일 년간 휴학을 하고 여행을 가겠다고 결심했을 때, '왜 여행을 가느냐'는 질문을 많이 받았다. 나는 그 자리에서 마땅한 답을 하지 못했다. 생각해보니 여행 가고 싶은 이유 같은 건 딱히 없었다. 집에 돌아와 책상 앞에 앉아 빈 노트에 여행을 가려는 이유를 적기 시작했다.

1. 새로운 나 자신을 찾기 위해서

2. 소심한 성격을 극복하기 위해서

3. 견문을 넓히고 지식을 쌓기 위해서

3번까지 적고 나니 더 이상 쓸 말이 없었다. 사실 이것도 내가 여행을 가고 싶은 이유가 아니었다. 여행을 가고 싶은 이유 따윈 없었다. 나는 그냥, 그냥 가고 싶었다. 그냥 가고 싶으면 안 돼? 난생처음 유럽 대륙의 땅을 밟는 순간, 그곳의 공기를 내 두 콧구멍으로 들이마시는 순간, 단 한 번도 경험하지 못했던 그 순간과 마주하고 싶을 뿐인 게 잘못된 건 아니잖아. 그런데 나는 왜 이 시간에 책상 앞에 앉아 면접 준비하는 취준생마냥 이러고 있느냐 말이다.

'왜 여행을 가느냐'는 질문에 담긴 의미는 사실, '왜 20대의 중요한 이 시점에, 군대도 다녀오지 않은 채로 일 년씩이나 휴학을 하고 여행을 가려 하느냐'였다. 이 질문대로라면 '그냥'이라는 대답은 용납되지 않는다. 세상이 어떤 세상인데 팔자 좋게 '그냥' 여행을 떠나? 취업하지 못하는 청년이 얼만데 부모님 등골 휘게 만들 일 있어? 그런 시선을 피할 수 없게 되는 것이다.

그래서 나는 여행을 '미래를 위한 준비 과정'이라고 어떻게든 예쁘게 포장해보려 했다. 그럼 사람들은 '용기 있다' '멋있다'고 말해줬다. 그러나 나 자신은 진실을 피할 수 없었다. 나는 용기가 있는 것도, 멋있는 것도 아니라는 진실. 이 여행을 통해 얻게 되는 것이 뭔지도 모르면서, '그냥' 떠나고 싶어서 떠나는 것뿐이라는 진실.

'왜 여행을 가느냐'와 같은 질문은 일상에서도 심심찮게 찾아볼 수 있다.

"왜 결혼을 안 하니?"

그 나이 먹도록 남들 다 하는 결혼도 안 하고 있으니 네가 매우 한심하다는 의미다.

"왜 화장을 안 했니?"

자고로 여자라면 당연히 화장을 하고 다니는 게 예의이고, 지금 네 얼굴은 매우 예의가 없다는 의미다.

"왜 일을 안 하니?"

인간으로 태어났으면 일을 해야 하는데 팔자 좋은 너를 보니 억울해 죽겠어서 오장육부가 뒤집어지는 기분이라는 의미다.

"왜 화장하고 다니니?"

자고로 남자라면 마초답게 스킨 로션마저도 생략하는 대담함을 가져야 하거늘, 아이돌도 아닌 네가 화장을 하니 매우 불편하다는 의미다.

결국 '왜?'라는 질문은 사회의 통념에 벗어나는 짓을 굳이 왜 하려 하느냐는 의미를 담고 있다. 내가 스스로에게 '왜?'라는 질문을 던질 때마다 무력감을 느끼는 이유도 이와 같다. '남들이 원하는 모습을 내가 굳이 비껴나가려는 이유가 무엇일까?'에 대한 정답을 찾을 수 없기 때문이다. 이유가 뭐긴 뭐야, 그딴 거 없어. 그렇게 하면 기분 좋잖아.

이런 성향은 내가 쓰는 글에도 드러난다. 나는 이유가 없는 글을 잘 쓰지 못한다. 반드시 이유와 결론이 들어가야 한다. 논리적이지 못한 글은 설득력이 떨어질 수 있지만, 논리를 잃는 대신 매력적일 수도 있는데 말이다. 마치 어린아이가 그린 그림이나 혹은 부조리극처럼.

부조리극은 이름 그대로 조리가 없는 극, 앞뒤가 없는 연극이다. 요즘 말로 하면 '아무 말 대잔치 극' 정도가 되려나? 부조리극을 본 사람이라면 알겠지만, 정말 처음부터 끝까지 아무 말 대잔치다. 의미 없는 대사와 행동을 끊임없이 반복할 뿐, 흥미를 끌 만한 사건 같은 건 등장하지 않는다.

사무엘 베케트의 「고도를 기다리며」를 예로 들어보자. 연극의 주요 등장인물은 블라디미르와 에스트라공. 내용은? 제목 그대로 고도를 기다린다. 끝. 진짜 끝. 아니, 이게 진짜 끝이라니까? 연극은 처음부터 끝까지 고도만을 기다린다. 이게 끝이다. 논리도, 결론도, 이유도 아무것도 없다. 블라디미르와 에스트라공이 고도를 기다리는 것, 이게 전부다. 그렇다면 그들이 기다리는 고도는 대체 누구인가? 아무도 모른다. 끝까지 등장하지도 않을뿐더러 추측할 만한 단서조차 던져주지 않는다. 그저 이 연극은 '기다림'이라는 단어를 연극의 언어로 풀어놓은 것만 같다.

부조리극이란 이런 것이다. 우리에겐 너무나 당연하고 익숙한 '원인과 결과'가 없는 연극.

그런데 참 신기하게도 연극이 끝날 때쯤이면 의미 없이 공허하게 던져졌던 배우들의 대사에 공감하고 있는 자신을 발견하게 된다. 무언가를 기다리는 두 인물의 모습에 동질감을 느끼는 것이다. 우리 모두 당장 내일 어떤 일이 일어날지도 모르면서 무작정 내일을 기다리며 살아가는 거니까. 블라디미르와 에스트라공이 기다리는 고도가 누군지는 잘 모르겠지만, 그들의 기다림이나 내 기다림이나 별다를 게 없음을 깨닫는다. 의미 없는 대사와 행동 속에서 나만의 의미를 찾게 되는 것이다.

사무엘 베케트는 부조리극을 두고 '연극에 시를 도입하고 싶었다'고 설명한다. 의미 없이 나열된 단어들이 관객 저마다의 의미가 되어 가슴속에 내려앉는 연극의 시. 정답도, 이유도 묻지 않는, 연극의 시.

그래서 말이다, 이 글은 이렇게 마무리한다. 의미 없다. 결론 없다. '그냥' 쓴 거다. 가끔은 다리 굵은 나도 반바지를 입고 나가고 싶을 때가 있는 거다. 갑자기 왜 이렇게 끝맺느냐고 묻는다면 이렇게 대답하련다.

"이렇게 쓰면 기분이 좋거든요!"

그냥이 어패서

초판 인쇄	2018년 5월 18일
초판 발행	2018년 5월 25일

지은이	윤수훈
펴낸이	강성민
편집장	이은혜
책임편집	곽우정
편집	박은아 김지수 이은경 강민형
편집보조	김민아
마케팅	정민호 이숙재 정현민 김도윤 안남영
홍보	김희숙 김상만 이천희

펴낸곳	(주)글항아리	출판등록 2009년 1월 19일 제406-2009-000002호
주소	10881 경기도 파주시 회동길 210
전자우편	bookpot@hanmail.net
전화번호	031-955-1936(편집부)	031-955-8891(마케팅)
팩스	031-955-2557

ISBN	978-89-6735-519-7 03810